## LÉGITIME DÉFENSE
*Quai des Orfèvres*

Stanislas-André Steeman est né à Liège (Belgique) le 23 janvier 1908. Il manifeste précocement des talents de conteur en écrivant et dessinant dès l'enfance des centaines de bandes dessinées. A seize ans, il envoie des contes légers au journal parisien *Le Sourire* qui les publie sans se douter de l'âge de leur auteur. Il collabore aussi régulièrement à la *Revue Sincère* (Bruxelles) où il publie des contes et nouvelles. En 1924 paraît chez un éditeur parisien son premier recueil de contes : *Ephémères,* suivi en 1926 d'un second intitulé : *Histoires belges.*
Il entre alors à *La Nation belge* où il va parcourir les différentes étapes du métier de journaliste.
C'est en 1927 qu'il publie son premier roman : *Un roman pour jeunes filles,* dans les *Cahiers de la Revue Sincère.* Avec l'aide d'un autre journaliste de *La Nation belge,* Sintair, il écrit un roman policier : *Le Mystère du zoo d'Anvers* qui sera publié dans la collection Le Masque et Steeman entame une carrière d'écrivain de mystère qui allait le porter au premier plan, en collaboration avec Sintair dans un premier temps, en solo ensuite.
La consécration vient en 1931 avec le Prix du Roman d'Aventures qui couronne *Six hommes morts.* Son talent culmine dans *L'Assassin habite au 21,* qui sera porté à l'écran en 1942 par Henri-Georges Clouzot ainsi que dans *Légitime Défense* dont Henri-Georges Clouzot tirera également son grand film, *Quai des Orfèvres.* Il fut l'un des écrivains policiers de langue française les plus importants, l'un de ceux qui affirmèrent la spécificité d'un roman policier non anglo-saxon et qui lui donnèrent ses plus belles lettres de noblesse.
Il est décédé à Menton le 15 décembre 1970.

*Dans Le Livre de Poche :*

L'ASSASSIN HABITE AU 21.

S.-A. STEEMAN



# *Légitime Défense*

## (Quai des Orfèvres)

LIBRAIRIE DES CHAMPS-ÉLYSÉES

*Titre original :*

LÉGITIME DÉFENSE

Georges Clouzot a tiré de ce roman son grand film
QUAI DES ORFÈVRES

# I

*Chéri,* disait le petit mot griffonné à l'aide d'un crayon épointé au dos d'une circulaire, *Maman va plus mal et m'a fait appeler. Je n'ai pas le temps de préparer tes sardines car je prends le train de 6 h 10. Le café est fait, il n'y a qu'à le réchauffer. A bientôt. Ta petite femme qui t'aime.*

*N'oublie pas de donner à boire à Wanda et d'arroser les fleurs.*

Noël Martin soupira. Emporté par son imagination, il voyait déjà Belle en vêtements de deuil, elle qui avait toujours refusé de poser ainsi pour lui. « Ça nous porterait malheur! » prétendait-elle. Il n'eut qu'ensuite une pensée apitoyée pour sa belle-mère, menacée d'intervention chirurgicale, et pour lui-même, condamné à un célibat inattendu.

Une pluie fine battait les vitres, le poêle installé au centre de l'atelier ronronnait doucement, une girouette grinçait quelque part, dans le vent...

Noël toucha à peine à l'en-cas préparé sur un coin de table. Par contre, il but sans soif toute une bouteille d'ale.

L'absence de Belle lui était d'autant plus sensible qu'il revenait porteur de bonnes nouvelles, avait espéré passer ce qu'il appelait « une soirée hors du temps ». On ferme les rideaux. On éteint. Le poêle éclaire, seul, la chambre. Il n'y a plus qu'à laisser s'égoutter les heures, étendus joue à joue devant le feu, ardant d'une part, gelant de l'autre. Au lieu de cela...

Noël, maussade, repoussa son fauteuil et se mit à rôder dans l'atelier. C'était une vaste pièce située au-dessus d'une remise, au fond d'une cour mal pavée dépendant d'un magasin de jouets. On y accédait par un escalier extérieur en spirale, aux marches de fer. Attenant à l'atelier, une cuisine et une salle de bain exiguës.

Noël s'assit sur le lit, couvert de vêtements de toutes sortes, le quitta pour les fenêtres d'où l'on avait vue sur le jardin d'un pensionnat de jeunes filles. « Chiche que celle-là s'appelle Camille! disait parfois Belle aux heures de récréation. Et celle-ci Colette. Chiche que cette petite brune sera régente et cette grande rousse chanteuse réaliste! » Dans le coin le mieux éclairé, un chevalet coiffé d'une serviette maculée dégageait une odeur de peinture fraîche. Noël le dévoila rageusement, fit une grimace. Sa « Gitane endormie » ressemblait à un paquet de hardes jeté au bord de la route. Des jupes, rien que des jupes! Il la détesta l'espace d'un instant, pensa même la défigurer d'un pinceau vengeur. Lui coller des moustaches, en faire une femme à barbe? Le souvenir de la commande emportée au cours de l'après-midi – une série de lavis pour un grand quotidien – le réconcilia avec lui-même.

N'empêche qu'il ne se sentait nulle envie de travailler! Il manipula les boutons de l'appareil de radio, s'assit machinalement devant le petit secrétaire Empire de sa femme, chercha une feuille de papier.

Une lettre mauve, couverte d'une grande écriture nerveuse, s'échappa d'un bloc-notes :

*Ma bien chère Belle...*

Noël lut les premiers mots sans arrière-pensée, puis sourit, amusé. Décidément, Belle avait en ses amies, sous le rapport de l'orthographe, de ferventes émules.

Celle-ci, partie un mois plus tôt pour l'Amérique du Sud, écrivait :

*Ta petite lettre m'a fait grand plaisir. J'étais désespérée, les premiers jours, sans ma fille.*

*Maintenant, je tâche de me faire une raison. Et puis Buenos-Aires est tellement épatant! Les jeunes gens, dans la rue, vous appellent « mon ange » et bénissent votre mère de vous avoir mise au monde. Quelles conquêtes, ma chère, depuis une semaine! Malheureusement je dois jouer les glaçons. Norman me fait suivre. Il se refuse maintenant à divorçer et à juré à ma sœur qu'il tuerait Tony.*

Noël suspendit un moment sa lecture. Il n'éprouvait pas de scrupules à proprement parler car Belle, si elle y avait pensé, lui eût certainement montré cette lettre. Par contre, il en voulait à sa femme de n'avoir pour amies que des irrégulières... « et des sottes », acheva-t-il mentalement avec irritation.

« N'aie pas peur que je subisse jamais leur influence, disait Belle quand il abordait le sujet. Mais – que veux-tu? – les femmes honnêtes ne m'amusent pas! »

*Maintenant, autre chose!* poursuivait l'absente. *Armand est désespéré. Il m'adore et, moi, je ne veux plus le voir. Je t'assure que cela me fait de la peine mais, pour son bien à lui, mieux vaut en rester là. Il m'a rendu mes lettres, je lui ais rendu les siennes. Mais c'était vraiement un dramme!*

*Parlons de toi. D'après ta lettre, je vois que tu es contente et j'espère que cela durera.*

*Je vois Marcel tout les jours, il me téléphone trois fois par jour.* Es un encanto! *Ce soir il me conduit à un bal de Carnaval. Je vais me mettre sur mon 31. Avec une robe de tulle noir très, très large, elle est déliçieuse!*

*Le bonjour à ton mari et, pour toi, de très gros baisers.*

*Irène.*

*Excuse mon écriture, mais j'ai mal au doigt. Où en es-tu avec W. ?*

Noël relut le post-scriptum et se sentit rougir. Ce petit bout de phrase de rien du tout, venant d'une Irène, faisait irrésistiblement penser à une intrigue amoureuse... D'autre part, Noël était sûr de la fidélité de Belle.

Il remit la lettre où il l'avait trouvée, alluma une cigarette d'une main qui tremblait. W... W... *Qui, diable, était W. ?* Depuis leur mariage, Belle et lui n'avaient aucune pensée secrète l'un pour l'autre. Et ils s'aimaient – il l'eût juré, du moins! – comme au premier jour. Alors?...

Alors Noël, s'asseyant à la turque sur le tapis, entreprit, sourcils froncés, d'exhumer des souvenirs. En cinq ans Belle ne l'avait pas quitté plus d'une dizaine de fois. A l'époque des vacances, il lui arrivait d'aller passer quelques jours seule, chez sa mère. Etait-ce pendant l'une de ces brèves absences qu'elle avait fait la connaissance de W.? Peu probable.

Wanda – chatte noire à moufles blanches – apparut sur le seuil de la cuisine et vint tourner autour de Noël. Mais il ne lui accorda pas un regard. Il ne pensait qu'à Belle...

Sans doute était-elle coquette, rieuse. Les hommes, dans la rue, se retournaient sur son passage. Lorsqu'elle avait une requête à formuler, son sourire lui tenait lieu de droits. Tout hommage masculin la flattait. Mais de là à supposer...

Noël évoqua le début de leur union. A cette époque, chaque jour amenait sa dispute. « D'où viennent ces chocolats? Qui se permet de t'envoyer des fleurs? » Depuis, il avait fait taire une jalousie reconnue sans fondement.

*Où en es-tu avec W?*

Restaient les amis communs, les relations. Et tous ces inconnus au sourire aimable, complice, dont Belle disait, d'un ton détaché : « Jean? Robert?... Un ami d'enfance! »

« W... W... W?... »

Noël retint un cri. Penser qu'il avait hésité!... Il revoyait Belle jouant au bridge, assise toute droite sur sa chaise, et *l'autre* se penchant sur son épaule pour lui donner des conseils (Dieu sait si Belle avait besoin de conseils quand elle jouait au bridge!) tandis que Mme W. – Judy – s'absorbait dans l'étude de son jeu. Il revoyait Belle et W. s'échapper vers une terrasse en dansant, chuchoter à l'écart. Il s'entendait demander :

« Il te fait la cour? – Un peu. – Cela te plaît? – Cela m'amuse. »

Un instant plus tard, avant même d'avoir bien compris ce qu'il faisait, Noël avait décroché le récepteur du téléphone, composé un numéro de deux chiffres.

– Inter! fit une voix lointaine.

– Allô! Ici, le 113219. Donnez-moi le 1412 à Pont-de-l'Ile.

Sa voix lui parut différente, rauque. Et elle lui fit peur. Car cette autre voix appartenait à un autre Noël, celui des colères froides, des implacables résolutions que Belle découvrait parfois avec terreur.

Wanda n'y comprenait plus rien. Elle allait de la porte de la cuisine au lit et du lit à la porte de la cuisine, comme pour rappeler à Noël un itinéraire oublié.

Subtilités inutiles! Noël écoutait avec une attention douloureuse. Car, un soupçon entraînant l'autre, il s'était subitement demandé si Belle ne lui avait pas menti, s'il était vrai que sa mère fût au plus mal... Après tout, elle n'eût pu saisir meilleur prétexte pour jouir de quelques heures de liberté!

L'attente se prolongeait. Enfin une voix froide, indifférente, formula cette réponse où Noël voulut voir une sorte d'arrêt du destin :

– Le 1412 à Pont-de-l'Ile ne répond pas.

– Mais c'est impossible!

Toujours cette déroutante sensation de dédoublement! Noël – le Noël qui savait – entendit l'autre – le Noël qui s'obstinait à douter – balbutier :

– Essayez encore...

– Inutile. Je sonne depuis cinq minutes.

– Le numéro est peut-être hors d'usage?

– Non. La ligne fonctionne normalement.

– Je vous assure...

Le Noël-qui-doutait laissa sa phrase en suspens, un déclic métallique lui ayant prouvé la vanité de toute insistance.

Et, dès lors, Noël-qui-savait agit en maître...

Sans prendre le temps de raccrocher, il composa un nouveau numéro, demanda en nasillant, à peine lui eut-on répondu :

– Le 441321?... Je désirerais parler à Mme Weyl.

– Mme Weyl passe la soirée chez des amis, fit une voix d'homme. Qui est à l'appareil?

Noël faillit crier son nom, comme une menace. Car, s'il était une chose qui pût confirmer ses soupçons, c'était bien le fait d'apprendre que Weyl se trouvait seul chez lui ce soir-là!

Mais il sut se dominer, coupa la communication sans rien ajouter. « Elle est là! Elle est là! » se répétait-il, hébété, chaque mot l'affermissant dans sa résolution d'en apprendre davantage.

Enfin il se leva, s'éloigna du téléphone à pas incertains. Un dernier combat se livrait en lui, dont il connaissait par avance l'issue. Son imagination lui avait joué bien des tours pendables déjà. Aussi avait-il pris l'habitude de composer avec elle.

« Tout cela n'est pas sérieux, se dit-il, mais autant vaut y aller voir! J'occuperai ainsi ma soirée... »

A peine se fut-il avisé de ce compromis entre son instinct et sa raison qu'un grand calme l'envahit. Son cœur battait toujours sur un rythme anormal, mais il n'en souffrait plus. Le doute qui le torturait, un instant plus tôt, s'était transformé en un sentiment d'impatience presque agréable. Pour un rien, il se fût moqué de lui-même. Cependant, ce tardif scepticisme fut impuissant à le retarder.

Wanda passait et repassait devant lui, l'air indigné. Il versa du lait dans une soucoupe, endossa son pardessus, eut, en descendant l'escalier, l'impression d'oublier quelque chose...

*Emilie,* sa vieille Ford, était remisée dans un petit garage particulier, au haut de la rue. Comme il l'en sortait, le sang lui monta au visage. Derrière un rideau de brume, Belle ôtait son chapeau et le jetait dans le creux d'un fauteuil, Belle, dans les bras de Weyl, riait à perdre haleine...

Noël sut aussitôt ce qu'il avait oublié. Une arme! Mais il aurait été inutile de rebrousser chemin. L'atelier ne contenait rien qui servît à tuer.

La pluie avait cessé et le vent ne soufflait plus que faiblement. Noël prit d'instinct par des rues écartées, par ces étroites rues de faubourg endormies dès 8 heures. Il s'efforçait de garder le cerveau libre. Cependant, l'image de Belle dans les bras de Weyl le hantait.

« Et si je le tue? » pensa-t-il soudain.

Il eut le sourire ironique d'un homme mis en présence d'une éventualité ridicule, mais la réponse ne lui en apparut pas moins clairement.

Elle tenait en cinq mots :

« Il me faut un alibi! »

## II

Judas Weyl, à cinquante ans sonnés, n'avait plus d'autre but dans l'existence que celui d'enrichir diverses collections de tableaux, de meubles et d'objets d'art et de les faire admirer en secret par d'imprudentes jeunes femmes. Il habitait, en bordure du Bois, une grande maison de style rococo, cachée par un rideau de hêtres.

Noël Martin, quand il décida qu'il lui fallait un alibi, aurait pu atteindre l'avenue Sémiramis en cinq minutes. Mais, chose étrange, l'instinct qui, depuis une demi-heure, le poussait en avant, le fit stopper dans une allée du Bois. Et là, les yeux mi-clos, une cigarette aux lèvres, il se prit à réfléchir...

Se constituer un alibi – c'est-à-dire, dans le cas de Noël, établir sa présence dans un lieu, à l'heure même où vous vous trouvez dans un autre – n'est pas chose aisée. On pourrait tenir le problème pour insoluble s'il n'était quelquefois possible de fausser les apparences.

Pressé comme il l'était par le temps, Noël échafauda, en dix minutes, les projets les plus irréalisables et les plus fous. D'aucuns traversaient son cerveau avec une déconcertante rapidité. D'autres, séduisants au premier abord, s'effondraient à l'examen. Certains eussent nécessité une longue préparation. Et, tandis qu'ils se détruisaient l'un l'autre, les aiguilles lumineuses de la montre de bord poursuivaient inexorablement leur route.

Peut-être que Belle, au lieu d'enlever son chapeau, se recoiffait devant la glace en ce moment précis, s'emmitouflait dans ses fourrures? Peut-être qu'elle se glissait hors de la vieille maison aux murs mangés de lierre? Peut-être était-il déjà trop tard pour la surprendre?...

Cette crainte bouleversait par instants Noël, inondait son front de sueur. Mais il serrait les dents, se forçait à rester là, immobile, à coordonner ses pensées. A 9 h 20, enfin, la solution lui apparut. Solution banale, sans doute, mais on se perd souvent en voulant trop prouver.

Il remit sa voiture en marche et, tournant le dos à sa direction initiale, écrasa du pied l'accélérateur. Lumières et enseignes au néon jalonnèrent bientôt sa route. Arrivé à destination, il s'assura qu'aucun agent de police n'était en vue, gara sa voiture dans un endroit où elle entraverait nécessairement la circulation, enleva la clé de contact afin qu'on ne pût la déplacer qu'à la main. A cent mètres de là, un cinéma illuminé éclaboussait le trottoir de rouge et de violet. Noël – qui y avait passé la soirée l'avant-veille – prit un ticket d'entrée et, quand l'ouvreuse l'eut conduit aux fauteuils, quitta la salle par une porte latérale.

Un autobus passait, retardé dans sa marche par un camion de déménagement. Noël le rattrapa, sauta sur la plate-forme. En réglant le prix de la course, il regarda son bracelet-montre. 9 h 40. Le détour qu'il venait de faire ne lui avait pris que vingt minutes. Cependant, en y ajoutant le temps passé à méditer dans une allée du Bois et celui qu'il faudrait à l'autobus pour atteindre l'avenue Sémiramis, cela ferait bien quarante-cinq minutes. Quarante-cinq minutes consacrées à d'inutiles complications, alors qu'il eût peut-être été possible, en courant tout droit chez Weyl, de prévenir l'irréparable?...

Mais Noël secoua la tête. Il avait beau ne croire qu'à demi à son infortune, éprouver fugitivement l'impression de se jouer la comédie à lui-même, mieux valait n'avoir rien laissé au hasard. Dans l'ardeur d'une querelle, un coup mortel est vite porté. Quoi qu'il pût arriver à présent, il avait mis tous les atouts dans son jeu.

Cette certitude ne l'empêchait pas de bouillir d'impatience. L'autobus n'avançait pas, se heurtait, à chaque croisement, à des signaux lumineux.

« Que je la trouve chez lui et je les tue tous les deux! »

Le jeu continuait. Noël, seul sur la plate-forme, s'efforçait d'entrer dans la peau d'un meurtrier et y réussissait d'autant mieux qu'il demeurait, dans le fond, incrédule, savait qu'on ne tue pas sans arme.

Le Bois enfin! Noël descendit avant l'arrêt, se mit à courir. Mais un point de côté l'obligea vite à reprendre une allure plus normale. En même temps il se morigénait : « Me mettre dans des états pareils pour une malheureuse lettre et deux coups de téléphone! » Il n'en longeait pas moins les murs, le bord de son chapeau rabattu sur les yeux, ombre furtive et silencieuse.

Au coin d'une rue, il croisa un agent en ciré qui ne lui accorda pas un coup d'œil. Les maisons se faisaient plus rares, plus secrètes au fond des jardins noirs. En approchant du 42, Noël gagna le milieu de l'avenue comme si le bruit de ses pas eût pu être perçu, par-delà les hêtres, au cœur du « musée Weyl ».

La grille du jardin était ouverte. Aucune lumière derrière les feuillages.

Adossé au tronc d'un arbre, Noël éprouva comme une déception, l'obscure déception du pugiliste qui, après s'être longuement préparé à la lutte, assiste à la dérobade de l'adversaire. Le jeu était trop tôt fini aussi, le doute recommençait de l'envahir... Car, après tout, si Belle n'était pas chez Weyl ce soir-là, on n'en pouvait conclure qu'elle n'y allât jamais!

Qu'on ne distinguât aucune lueur de l'avenue ne

prouvait rien non plus!... Noël franchit la grille, se glissa sous les branches d'où tombait de temps à autre une lourde goutte de pluie. Ce n'était pas la première fois qu'il pénétrait en ces lieux. Cependant, il s'arrêta bientôt, interdit par la paix profonde, presque irréelle, qui y régnait.

Des statues verdies de faunes et de nymphes se dressaient çà et là, menaçantes ou pitoyables. La pelouse entourant l'habitation fuyait comme un tapis enchanté vers d'invisibles bornes. La maison elle-même, enfin, ressemblait à un décor oublié, une sorte de palais sans âge dont tous les hôtes auraient fui. Aucun bruit et, montant du sol mouillé, une odeur d'humus, prenante et amère...

Noël recommença d'avancer avec prudence, comme si chaque pas l'enfonçait dans le passé, le rapprochait d'une époque révolue. Quoi que l'avenir lui réservât, pensa-t-il, il y aurait toujours place, parmi ses souvenirs, pour ce jardin mort. Et puis...

Et puis, dans ce cadre qu'on aurait dit immuable, quelque chose bougea. Une frêle silhouette féminine tourna le coin de la maison, parut hésiter.

– Belle!

Certains destins se jouent en moins d'une seconde. Ah! si Noël n'avait pas crié! Mais il cria : « Belle! » et s'élança en avant.

La frêle silhouette tourna d'abord sur elle-même, comme prise de vertige. Puis elle fit volte-face, disparut derrière la maison.

– Belle! Belle!

Noël précipita sa course, souffleté par les branches basses, le regard fixé sur ce coin de mur qui lui dérobait la fugitive. Il manqua tomber plusieurs fois, pataugea dans d'invisibles flaques d'eau. Le jardin, profond et sauvage, se prêtait mal à une poursuite. Noël, enfin, croyait se rappeler qu'il était à double issue.

Quand il eut laissé la maison derrière lui, la vanité de ses efforts lui apparut. La pelouse descendait en pente douce jusqu'à une haie percée de deux portes basses. Belle avait eu le temps de s'enfuir dix fois.

Il n'en courut pas moins jusqu'à une des barrières, la franchit d'un bond. Hélas! aussi loin qu'il pût voir, la rue – mal éclairée – était déserte.

Cette rue vide, la certitude d'avoir été joué portèrent sa rage au paroxysme. Il tourna les talons, marcha vers l'habitation. Toutes les images qui l'avaient hanté, au volant de sa voiture, revenaient pêle-mêle à son esprit. Belle! Que n'eût-il donné pour la tenir à sa merci, souffler son rire comme une lampe..

Il trouva la porte de la maison entrouverte sur d'épaisses ténèbres, mais ne s'en étonna pas.

Rien ne pouvait plus l'étonner, maintenant que Belle... Il s'avança à tâtons, guidé par une musique assourdie. Weyl – il le savait – occupait tout le rez-de-chaussée. Soudaine, une bouffée de parfum l'enveloppa, qu'il reconnut. « Auburn », de Ramah!

Il était sur le seuil d'une pièce encombrée de meubles et de bibelots où la clarté lunaire déposait un tapis blanc. Sur une table basse, des assiettes, des verres. Dans le fond, un divan. Et sur ce divan...

Sur ce divan, Weyl. En robe de chambre pourpre, une main pendante, sa chemise blanche toute froissée. Ecrasé par une heureuse fatigue.

Le reste se passa en moins de cinq secondes. Un maillet traînait sur le sol, au pied d'un gong chinois. Noël s'en saisit, l'affermit dans sa main, se pencha et frappa.

De toutes ses forces et à la tête.

## III

Noël ne songea pas un instant à faire de la lumière. Non qu'il eût peur du spectacle qui l'attendait. Mais ses jambes ne le portaient plus. Il avait des nausées. A tel point qu'il dut s'asseoir, fermer les yeux.

La radio continuait de jouer en sourdine, il y avait, dans ce tête-à-tête avec un cadavre, quelque chose d'irréel et de familier à la fois qui en atténuait l'horreur.

Noël ignora toujours combien de temps il était demeuré là, luttant inconsciemment contre un engourdissement progressif de l'esprit et du corps. L'instinct de conservation le fit se redresser brusquement, hagard et les yeux écarquillés. Le tapis blanc, déposé sur le sol par la lune, s'était élargi, atteignait le bord du divan.

Noël se leva en chancelant, se pinça pour revenir au sentiment des réalités. « Je suis un meurtrier! se répétait-il, incrédule. Il faut que je m'en aille si je ne veux pas être pris... »

Il porta la main à son front, constata qu'il n'avait pas quitté ses gants d'automobiliste. Cela le dispensait – pensa-t-il comme dans un rêve – d'essuyer le manche du maillet et les boutons de porte. Restait à s'assurer qu'il n'avait perdu aucun objet personnel. Il tâta ses poches, compta machinalement les boutons de son pardessus. Aucun ne manquait.

« A tout instant, se dit encore Noël, quelqu'un peut survenir et me surprendre! »

Mais il ne le croyait pas vraiment, restait planté au milieu de la chambre comme un homme paralysé par l'émotion dans une maison qui brûle. Il eut une velléité de fermer l'appareil de radio. Cette musique, ces voix lointaines, c'était comme un témoin qu'il laissait derrière lui! Mais il ne put se résoudre à avancer la main, tant il éprouvait à présent de répulsion pour tout ce qui l'entourait.

Interminables minutes! Noël devait les évoquer, par la suite, avec une angoisse rétrospective. Le timbre cristallin d'une pendule sonnant la demie lui rendit enfin, avec la notion précise du danger, la liberté d'agir. Il se glissa hors de la pièce, courut sur la pointe des pieds jusqu'à la porte d'entrée.

Rien ne bougeait aux alentours de la maison. Mais l'idée seule de retraverser le jardin aux statues fantômes le faisait suer de peur. Lui tournant le dos, il prit le chemin emprunté par Belle, erra bientôt dans un quartier qui lui était inconnu : maisons neuves séparées par de grands trous d'ombre, tronçons de trottoir alternant avec de la terre battue.

La pluie s'était remise à tomber, oblique et pénétrante. Mais Noël s'en moquait bien! Les mains au fond de ses poches, les yeux fixés sur le sol, aveugle et sourd, il allait à grandes enjambées, talonné par le besoin de mettre le plus de distance possible entre lui et le cadre habituel de sa vie. Car là était l'important... Tant qu'il n'aurait pas à confronter, dans d'anciens miroirs, le Noël d'hier et celui d'aujourd'hui, il pourrait croire encore à un mauvais rêve, un cauchemar qui s'efface à l'aurore.

Un passant de mauvaise mine le bouscula et grommela une injure. « L'imbécile, s'il savait!... » pensa Noël, sans même se retourner. Ainsi, un mauvais orgueil se mêlait déjà aux nouveaux sentiments qui l'animaient.

Il traversa des avenues où les arbres agitaient leurs branches dénudées comme des bras, des squares où le vent faisait un bruit d'orgue. De place en place, des signalisations électriques allumaient périodiquement leurs feux rouges et verts avec une immuable précision, comme pour régler la circulation d'innombrables voitures fantômes.

Noël serait volontiers entré dans un café, mais l'exigeant instinct de conservation qui l'avait poussé hors de la chambre de Weyl l'en empêcha. Quelqu'un pouvait le remarquer et se souvenir de lui par la suite. Regardant sa montre, il se rendit compte qu'il avait tout juste le temps d'aller rechercher sa voiture avant que le cinéma, où il était censé passer la soirée, fermât ses portes.

Il s'orienta hâtivement, pressa le pas. Plus rien ne subsistait de la griserie qu'il avait éprouvé à se perdre dans ce quartier neuf. Au contraire, il s'en voulait d'avoir cédé à une peur panique, de nature à compromettre le succès de ses plans.

« Pourvu qu'un flic, pensa-t-il, ait remarqué *Emilie* ! »

Sinon, toutes ses précautions se révéleraient inutiles, il n'aurait d'autre preuve de sa soi-disant présence à *L'Empire* ce soir-là, que le précieux petit ticket enfoui dans une poche de son gilet. Mais il se rassura tout en marchant. On pouvait se fier aux agents de police! Et il imaginait déjà la sombre fureur de celui qui l'attendrait...

Hélas! la petite rue où il avait rangé sa voiture était déserte quand il l'atteignit. Et *L'Empire* semblait avoir dégorgé ses derniers spectateurs depuis un bon moment.

Noël avisa, non loin du cinéma, un brasero auquel se chauffait un vieil ouvrier. Peut-être ce dernier pourrait-il le renseigner?

– Dites donc, mon vieux, fit Noël en l'abordant, son étui à cigarettes ouvert à la main, je m'aperçois, à la façon dont elle est garée maintenant, que ma bagnole a dû provoquer de l'embouteillage... Vous n'auriez pas vu un agent de police rôder de ce côté, par hasard?

Non, l'homme n'avait rien vu. Il est vrai qu'il n'avait pris sa faction que depuis un quart d'heure.

– P'tre bien que vous vous en tirerez pour cette fois! ajouta-t-il par politesse.

– Espérons-le! grommela Noël.

Mais, quand il se retrouva assis au volant de sa voiture, il lui sembla que tout vacillait autour de lui. En même temps une rage le prenait en songeant à tous les procès-verbaux qu'on encourt sans le chercher.

Il avait compté répondre à ceux qui l'interrogeraient :

« Je n'ai pas d'alibi à proprement parler... Néanmoins, l'agent nº X vous dira que je suis sorti du cinéma après 11 heures, car il m'attendait, à cent mètres de là, pour me dresser contravention! »

A présent... Si on le questionnait – et on le questionnerait, tôt ou tard, en tant qu'intime de Weyl – oserait-il seulement exhiber son ticket d'entrée à *L'Empire*? On pourrait trouver étrange qu'il l'eût conservé.

Noël réussit à remiser sa voiture et à rentrer chez lui sans se faire remarquer. Cependant, comme il posait le pied sur la première marche de l'escalier extérieur conduisant à l'atelier, il eut une émotion. De minces bandes lumineuses encadraient les stores baissés, l'appartement était éclairé!

Il monta rapidement pour étouffer ses appréhensions, ouvrit la porte toute grande. Mais il ne vit que Wanda jouant les chattes de cartomancienne, debout sur le dossier d'un fauteuil. Comme toujours, il avait oublié d'éteindre en sortant, oublié d'éteindre et de fermer l'appareil de radio.

Noël commença par se verser un grand verre de whisky qu'il avala d'un trait. Puis – et il dut, à nouveau, faire appel à tout son courage – il marcha vers une glace, s'attendant presque à y découvrir – tant est forte en nous la croyance que l'âme est reflétée par le physique – une sorte de Mr Hyde. Il fut déçu et rassuré. Rien n'avait changé dans son aspect habituel. Il était toujours le même grand garçon pâle, à la bouche enfantine, aux cheveux clairsemés.

Noël tendit prudemment la main vers Wanda. Elle le considérait à travers ses paupières mi-closes, faisant l'innocente. Est-ce qu'elle allait fuir? Non, elle se frottait à lui, heureuse...

*Elle n'avait pas deviné...* Elle n'avait pas deviné... *ou tout cela lui était bien égal!*

La porte d'entrée fermée à double tour, Noël ôta du lit les vêtements qui l'encombraient et s'y étendit, la nuque dans les mains. Pendant quelques minutes il fut incapable de réfléchir, tout au plaisir animal d'étirer ses membres las. Puis son cerveau recommença de fonctionner normalement. Autrement dit : Belle réoccupa sa pensée.

Mais il ne se demanda pas où elle était en cet instant précis, ce qu'elle faisait, ou si elle l'avait reconnu dans le parc du « musée Weyl ». Le temps se chargerait d'apporter des réponses à ces questions. Il ne se demanda pas davantage s'il l'aimait encore. Le sentiment qui dominait en lui était la rancune, une rancune où son crime, par bonheur, trouvait sa justification.

Car il y avait cinq ans – exactement depuis le jour où il l'avait rencontrée – qu'on cherchait à lui prendre Belle. Qui? Tout le monde! Les passants, les hommes rencontrés par hasard, jusqu'à ses amis. Surtout ses amis. Et il devait leur sourire, cacher sa mauvaise humeur sous des dehors aimables, fermer les yeux sous peine de passer pour un sauvage. Il devait avoir l'air de leur dire à tous : « Ne prenez pas garde à moi! Allez-y! Dansez avec elle, faites-lui la cour. Tentez votre chance... »

Telle est la règle du jeu. Sans compter que Belle y trouvait son plaisir, que Belle avait besoin de se sentir désirée.

Les premiers temps il avait regimbé. Puis, au fur

et à mesure que sa femme s'éveillait à l'amour, il s'était montré plus tolérant. Tandis qu'elle dansait ou riait loin de lui, il se disait, pour se consoler, que rien de tout cela n'avait d'importance si Belle l'aimait vraiment. « Mais si elle t'aime, répondait aussitôt une voix intérieure, qu'a-t-elle besoin de tout cela?... »

Ainsi la vie conjugale de Noël n'était-elle qu'une suite d'épreuves et d'angoisses refoulées, de colères rentrées aussi qui s'étaient peu à peu transformées en méfiance haineuse à l'égard de tout homme sensible au charme de Belle.

« Mon cher souci », lui écrivait-il parfois. Cela la faisait rire, naturellement, comme la plupart des choses gentilles qu'il lui disait. Elle ne comprenait pas, ou ne voulait pas comprendre.

Ah! s'il avait eu la certitude de n'être pas aimé! L'amour-propre – son chatouilleux amour-propre d'homme – lui aurait peut-être inspiré le courage d'en finir. Mais il n'en était rien moins que sûr. Au contraire, il aurait parfois juré que Belle ne tenait qu'à lui au monde. A lui et à Wanda...

Noël se leva et tisonna le poêle en train de s'éteindre. Avec cela, il était d'une clairvoyance étonnante, désespérante. Parmi les hommes qui l'approchaient, il devinait, d'instinct, ceux qui plairaient à Belle. Il aurait pu leur donner des conseils aussi, leur souffler : « Ne faites pas ceci... Ne dites pas cela... » Il sentait quand ils commençaient d'être dangereux, quand ils avaient perdu la partie.

Bon. C'était fini, maintenant. F-i-n-i. Fini. Il en avait eu un parmi cent autres, dans le tas. Le plus voleur, le plus impudent!

Il s'empara de la bouteille de whisky, retourna s'étendre sur le lit, la moitié du lit réservé à Belle. L'avare protège bien ses coffres; le joaillier, ses bijoux. A cette différence près, qu'ils ont la loi pour eux!

La loi?... Noël rit, sans gaieté. Au diable la loi! Il y voyait clair à présent, comprenait qu'il fût sans remords. Frapper un Weyl, ça n'est pas un meurtre. C'était...

Voilà, *c'était de la légitime défense!*

## IV

Noël se réveilla vers 10 heures, la tête lourde et la bouche amère. Wanda – petite torsade noire sur la courtepointe rose – rêvait tout haut, pelotonnée à ses pieds.

Etonné par l'absence de Belle et d'avoir dormi tout habillé, il se leva péniblement, défripa ses vêtements, rechargea le poêle. Ce ne fut qu'après avoir plongé la tête dans l'eau froide qu'il se rappela les événements de la nuit, acquit la certitude de n'avoir pas rêvé...

Un jour gris filtrait par l'entrebâillement des rideaux. Noël regarda avec terreur autour de lui. Il se sentait le point de mire d'espions invisibles, voyait déjà la porte s'ouvrir devant des inspecteurs chargés de l'arrêter. Puis il haussa les épaules. On n'arrête pas sans preuves. Et des preuves, la police n'en aurait pas, *n'en aurait jamais!*

Il but une gorgée d'alcool, réchauffa le café dédaigné la veille. Chaque matin de bienveillants inconnus déposaient sous l'escalier extérieur, comme des présents du ciel, une bouteille de lait, des lettres, le journal.

Peut-être celui-ci parlait-il du meurtre? Non, rien n'avait transpiré encore.

Il en alla différemment pour les éditions de midi que Noël lut et relut dans un petit restaurant proche de chez lui.

« L'affaire de l'avenue Sémiramis » en occupait la vedette et y était rapportée en ces termes :

*Un crime, dont l'instruction promet d'être sensationnelle, a été commis cette nuit, dans un riche hôtel particulier de l'avenue Sémiramis.*

*Cet hôtel, qui porte le nº 42 et dont nombre d'artistes connaissent le chemin, est – était hier encore – la propriété de M. Judas Weyl, le célèbre collectionneur.*

*Par parenthèse, on se souviendra que M. Weyl – victime, il y a cinq ans, d'un accident d'automobile où Mme Weyl trouva la mort – avait contracté, les délais légaux prescrits, une nouvelle union avec la veuve d'un diplomate hongrois, Mme Judith Rakosi. Ils formaient un couple uni, bienveillant, toujours prêts à épauler les jeunes talents, à réparer les injustices. Leurs intimes les appelaient familièrement : « Les derniers mécènes. » Aussi le drame de cette nuit n'en paraîtra-t-il que plus inattendu, plus odieux.*

« Les derniers mécènes! » A cet endroit de sa lecture, Noël ne put s'empêcher de s'indigner. Le « musée Weyl » regorgeait de toiles et d'œuvres d'art achetées pour un morceau de pain. Certes, il arrivait que Weyl poussât un peintre, un sculpteur. Mais jamais avant de l'avoir dépouillé! Enfin, pour qui savait quelles aventures scandaleuses on prêtait à Judas, quelle complaisance on prêtait à Judith, l'expression : « couple uni, bienveillant » prenait une saveur singulière.

*C'est M. Léon Toen, valet de chambre au service de M. Weyl depuis neuf ans* – poursuivait le chroniqueur judiciaire... et mondain de *La Comète* – *qui, ce matin, vers 9 heures, a découvert le crime. Il était, comme d'habitude, porteur du petit déjeuner de son maître. Ayant trouvé la chambre à coucher inoccupée et le lit non défait, il eut l'idée de pénétrer dans le studio.*

*La pièce était plongée dans l'obscurité, des sons*

*discordants s'échappaient de l'appareil de radio. Sur une petite table basse, les reliefs d'un dîner fin.*

*M. Léon Toen, ayant posé son plateau sur un meuble, leva les stores, ouvrit les volets. Une forme humaine étendue sur un divan l'avait averti de la présence de son maître.*

*Il fallut la lumière du jour pour que la vérité lui apparût dans toute son horreur. M. Weyl ne donnait plus signe de vie. Sa robe de chambre lie de vin était maculée de sang. De toute évidence, une main criminelle l'avait frappé à plusieurs reprises, à l'aide d'un maillet provenant d'un gong chinois.*

*A l'heure où nous écrivons ces lignes, le Parquet – composé de MM. Mignon, procureur du Roi; Pons, juge d'instruction; Geisen, greffier, et Matheus, médecin légiste – se livre à l'enquête d'usage. Des spécialistes photographient la victime sous dix angles différents. D'autres examinent meubles et bibelots dans l'espoir d'y relever des empreintes digitales révélatrices. Chaque statue du parc dissimule un agent de police.*

*Il est évidemment prématuré de se livrer à des conjectures. Cependant, nous ne croyons pas entraver le cours de la justice en apprenant d'ores et déjà à nos lecteurs que les recherches auxquelles s'est livré le commissaire Maria, appelé le premier sur les lieux, ont abouti à une série de découvertes troublantes.*

*Par exemple, des vols de nature spéciale ont été commis. Il ne nous est pas permis d'en dire plus long sur ce sujet, mais ces vols pourraient bien orienter l'enquête dans une direction tout à fait inattendue.*

Noël dut relire ce paragraphe pour en pénétrer tout le sens. Des vols! Fallait-il supposer que Belle eût emporté de son rendez-vous nocturne quelque cadeau royal? Ou bien qu'une tierce personne, entrée dans le studio au cours de la nuit et ayant trouvé Weyl mort, en eût profité pour s'approprier quelques pièces rares?

Noël n'aurait pas été plus étonné – qui sait? plus indigné – s'il s'était subitement trouvé en présence d'une de ses toiles portant la signature d'autrui. Pour un peu, il se fût plaint qu'on eût retouché son crime.

A la réflexion, cependant, il admit que ces vols, quel qu'en fût l'auteur, auraient au moins pour avantage de disperser les soupçons de la police.

*Il est à noter également* – concluait *La Comète* – *que l'arme du crime ne porte pas d'empreintes digitales. Par conséquent, ou le meurtrier était ganté, ou il a pris la précaution d'essuyer le manche du maillet, son coup fait.*

*Le commissaire Maria semble incliner en faveur de cette dernière hypothèse. Dans le premier cas, prétend-il, il aurait été normal de relever des empreintes anciennes et en partie effacées appartenant, soit à la victime, soit à toute autre personne ayant manié le maillet récemment.*

Noël haussa les épaules. Il le savait, peut-être, si le manche du maillet avait été essuyé ou non! A lire de tels commentaires, il éprouvait la joie maligne de l'initié assistant aux laborieux efforts d'un chercheur non prévenu.

*Le Dr Matheus, médecin légiste, a pu, de son côté...*

Dans un récit, certains hiatus ne nous frappent qu'à retardement. Noël, averti par son subconscient, reprit l'article à ses débuts, tomba sur le paragraphe où il était dit que Léon Toen, valet de chambre de la victime, avait, en pénétrant dans le studio, levé les stores et ouvert les volets. Comment l'avait-il pu alors que, au cours de la nuit, la clarté lunaire entrait à flots par la fenêtre?

Il y avait là un mystère de plus, probablement lié aux fameux vols « de nature spéciale ».

*Le Dr Matheus, médecin légiste, a pu, de son côté, fixer approximativement l'heure du crime. A en juger par le degré de rigidité cadavérique, le meurtre aurait été commis entre 9 et 11 heures du soir. Le Dr Matheus se réserve d'ailleurs de compléter son verdict après l'autopsie, l'état de l'estomac et le stade de la digestion devant lui permettre de se livrer à toute une série d'observations cliniques.*

Le chroniqueur de *La Comète* se félicitait que l'affaire eût été confiée à d'aussi fins limiers que le juge d'instruction Pons et le commissaire Maria. Il terminait en présentant à Mme Weyl et à sa belle-fille, Joan, de discrètes condoléances.

Mais Noël ne lut pas plus avant. La tête dans les mains, il s'efforçait de considérer sa situation avec toute la rigueur logique que réclame l'étude d'un théorème.

D'une part, il y avait la police, ses procédés modernes d'investigation, son omniprésence. D'autre part, il y avait lui, Noël Martin, un intellectuel, un faible, mal doué pour la lutte, mais que rien, par bonheur, ne rattachait encore au drame... Le duel engagé, serait-il aussi prompt à la parade?

Jusqu'alors il avait peu pensé à Belle. Son image s'imposa subitement à son esprit. Quelle serait leur attitude réciproque, une fois remis en présence l'un de l'autre?

Tenterait-elle de dissimuler? Se prêterait-elle à une explication franche? Non, c'eût été mal la connaître.

Au demeurant... L'avait-elle reconnu, dans le parc du « musée Weyl »? Ou ne cherchait-elle, en fuyant, qu'à éviter un visiteur inopportun, sauver sa réputation?

Elle devait avoir acheté les journaux, maintenant. Elle devait être au courant du crime.

Soupçonnait-elle son mari d'en être l'auteur ou ne songeait-elle qu'au meilleur moyen de rentrer dans sa vie sur la pointe des pieds, de lui dissimuler une aventure sans lendemain?

Noël était si absorbé qu'il n'entendit pas la porte du restaurant s'ouvrir, des pas légers s'approcher de sa table.

Les pas s'arrêtèrent, la sensation d'une présence toute proche lui fit lever la tête.

– Bonjour! dit une voix de femme.

– Oh! bonjour, « doc »! dit Noël.

Son sourire – qu'il n'avait pas eu le temps de préparer – ressembla à une lamentable grimace.

## V

Renée d'Humain – à qui ses amis donnaient volontiers du « docteur » parce qu'elle dirigeait un institut de beauté – avait des cheveux châtain foncé, partiellement éclaircis par des décolorants utilisés sans mesure; des yeux sombres, inquisiteurs; une taille fine; des mains aux gestes vifs et précis; une mise dont la sobriété était généralement entachée de négligence.

– Content de me voir?

Elle enveloppait Noël d'un regard lourd, au charme éprouvé; un regard qu'on n'aurait pu, sans exagérer, qualifier de provocant mais qui lui donnait l'air d'attendre de ses interlocuteurs quelque chose d'inattendu et de merveilleux, un air – disait Noël – d'être constamment « en disponibilité ».

– Et vous? Toujours amoureuse de moi en secret?

Comme elle lui faisait un peu peur, il se défendait de la prendre au sérieux, préférait la traiter en gamine à caprices dont les propos n'engagent ni le cœur ni la tête.

Elle répondit, grave :

– En doutez-vous? Doutez-vous que, si je n'éprouvais pour Belle une affectueuse amitié, je laisserais passer ma chance?

Toutes leurs conversations commençaient de la sorte et il fallait à Noël plus que de la diplomatie pour les orienter vers des sujets moins brûlants.

Renée reprit, sans transition :

– J'allais chez vous. Belle m'a demandé de passer la prendre, vers 2 heures et demie, pour que nous puissions sacrifier au *shopping* un plein après-midi.

C'était déroutant! Noël, depuis la veille au soir, s'épuisait en efforts stériles pour se réadapter à la vie courante, affronter naturellement les menus incidents quotidiens.

– En ce cas, bredouilla-t-il, je crains qu'il ne vous faille changer vos batteries. Belle a été appelée, hier soir, au chevet de sa mère malade.

– Ah! oui?...

Renée avait une façon bien à elle, singulièrement irritante, de mettre en doute sans avoir l'air d'y toucher, par des subtiles inflexions de voix, les propos les plus innocents. Noël – qui éprouvait lui-même l'impression de s'être fait l'écho d'une piètre excuse – se sentit rougir.

– J'ai trouvé un petit mot d'elle en rentrant hier soir, crut-il devoir ajouter. Elle m'y annonçait qu'elle prenait le train de 6 h 10.

– Mon pauvre Noël!

Renée, d'un index à l'ongle carminé, désigna le journal étalé sur la table :

– Que lisiez-vous là?

Noël fit appel à tout son sang-froid :

– Le récit d'un crime à sensation. Il paraît que Judas Weyl a été trouvé, ce matin, assassiné dans son studio.

– Judas Weyl!... N'était-ce pas un bon ami de Belle?

Noël ne put s'empêcher d'accuser le coup. Cela le fâcha :

– Ma foi, il était son ami comme il était le vôtre! Lui et Judith nous priaient de temps à autre à dîner et à jouer au bridge. Ou je me trompe fort, ou c'est vous qui nous les avez présentés?

– Touchée! admit loyalement Renée. La police espère-t-elle procéder bientôt à une arrestation?

– Non, je ne crois pas. *La Comète* prétend que le meurtrier s'est également rendu coupable de vol.

– Etrange. J'aurais cru plutôt à la vengeance d'un mari outragé. Comment Weyl a-t-il été tué?

– A l'aide d'un maillet provenant d'un gong chinois.

– Vous eussiez dû venir chez moi, hier soir. Sans compter le plaisir que j'aurais pris à vous offrir un drink, cette visite vous aurait fourni un alibi.

– Vous voulez dire : « *nous* aurait fourni un alibi »?

– Si vous voulez! Encore que plusieurs de mes amies puissent certifier avoir été en communication téléphonique avec moi entre 9 et 11 heures.

Noël, pour dissimuler son trouble, fit signe au garçon de lui apporter l'addition.

– Rassurez-vous! J'ai moi-même un témoin précieux : Wanda!... Enfin, pourquoi nous soupçonnerait-on plus particulièrement, nous?

– Parce qu'on commence toujours par soupçonner les intimes de la victime. Du moins s'il faut, en cette matière, s'en rapporter à l'autorité des auteurs de romans policiers.

Un temps.

– De nous trois, il n'y a vraiment que Belle qui ne puisse être allée chez Weyl!

Noël se sentit incapable de prolonger cette conversation.

– Que comptez-vous faire de votre après-midi? interrogea-t-il pour couper court.

– Je n'en sais rien encore. J'attends que vous me proposiez quelque chose d'aimable et d'inédit.

Noël prit une soudaine résolution :

– Accordez-moi une séance de pose. La lumière est bonne. J'aimerais travailler à votre portrait.

Renée fit la moue :

– Je vous aurais cru plus d'imagination. Enfin!... (Et comme ils marchaient vers la porte :) Donnez au moins au garçon le temps de vous rendre votre monnaie.

Ce n'était pas sans appréhension que Noël avait commencé, trois semaines plus tôt, une toile en pied de Renée. Peindre un modèle inconnu – dont on ne découvre que peu à peu le mécanisme secret à la faveur de conversations à bâtons rompus – est tâche si ingrate qu'un artiste ne saurait considérer un échec partiel comme un aveu d'impuissance. Mais, dans le cas présent, il en allait différemment. Noël se savait tout désigné pour faire un portrait parlant, *intérieur*. Une telle entreprise constituait une épreuve volontaire dont il sortirait grandi à ses propres yeux ou découragé pour longtemps.

Peut-être, pensa-t-il en préparant ses pinceaux, avait-il tort, en travaillant dans une atmosphère défavorable, de s'imposer une discipline trop stricte? Mais son angoisse exigeait impérieusement un dérivatif.

– Je ne trouve pas la brosse à cheveux! cria Renée, de derrière le paravent où elle se déshabillait.

– Regardez sur la coiffeuse.

– Elle n'y est pas.

– Sur le pouf vert, alors?

– Merci. Je l'ai!

Noël avait insisté pour que Renée posât dans une robe du soir dont le corsage adhérant à la gorge comme par miracle ne rompait en rien la courbe orgueilleuse des épaules et dont l'ample jupe de taffetas bleu de nuit, aux cassures nettes, mettait sous le buste une sorte de socle barbare. Ce faste, cette recherche dans l'élégance, lui semblaient plus aptes à traduire la véritable nature du modèle qu'un de ces tailleurs ajustés dont elle avait fait l'uniforme idéal. Enfin il y avait une certaine coquetterie à montrer, du « docteur » d'Humain, l'aspect le plus féminin, le plus inattendu.

– Noël!

– Oui...

– Venez à mon secours! Je ne parviens pas à m'agrafer.

Car Renée, sans y prétendre, donnait à ses intimes le spectacle d'une curieuse dualité. Infirmière habile au toucher délicat, elle se muait, une fois libérée de toute contrainte professionnelle, en enfant turbulente, fantasque, possédée du démon de la curiosité sous toutes ses formes, âpre à la lutte et brûlant d'une ardeur qui la consumait elle-même. Conséquence imprévue : en sa présence, Belle, par réaction, redevenait une petite fille sage, pleine de mesure et de prudence et qu'une méfiance innée, bourgeoise, incitait aux jugements sans appel.

Noël fit toc-toc contre un des panneaux du paravent :

– Je peux entrer?

– Naturellement!

Comme d'habitude, il eut envie d'applaudir à l'étonnante transformation qui venait de s'accomplir. Il éprouvait, à considérer la chair mate des épaules, les cassures brillantes de la robe, un plaisir esthétique et sensuel mêlé de découragement, le découragement de l'artiste qui doute de l'utilité même de sa mission, se dit, amer : « A quoi bon? »

– Là! dit Renée, sans se retourner. La troisième agrafe, en partant du bas...

Noël avança des doigts tremblants qui s'accrochèrent au tissu.

– Dieu! s'emporta Renée, au bout d'un moment. Vous êtes encore plus maladroit que moi! Retournez à vos pinceaux.

Noël ne se le fit pas répéter. Renée prit la pose, disposa autour d'elle les plis de sa robe, lissa ses cheveux sur les tempes, demanda : « Est-ce bien ainsi? »

Non, l'attitude demandait à être rectifiée, le bras droit était raide, l'expression plus dure que par le passé. Mais un poids écrasant rivait Noël à son siège. Il leva machinalement son pinceau, fit mine de le promener sur la toile où la silhouette du modèle, tronquée à la taille, semblait flotter dans le vide. Il ne parvenait pas à fixer son attention, prêtait l'oreille aux bruits du dehors, remarquait, dans l'ordonnance de l'atelier, des détails qui ne l'avaient pas frappé jusque-là, leur attribuant une importance démesurée : « Le robinet de l'évier ferme mal... Il faudrait le réparer. Belle a de nouveau oublié de détacher la courtepointe... »

Noël dut s'avouer qu'il ne se trouvait plus dans les mêmes dispositions d'esprit que la veille. Brisé de fatigue, il aspirait plus, maintenant, à être plaint, consolé, qu'à châtier l'infidèle. Belle, au demeurant, méritait-elle d'être traitée avec une telle rigueur? Peut-être qu'elle l'aimait toujours, qu'elle regrettait sa folie d'une heure?

– Un peu de repos, par pitié, supplia Renée, ou je me casse!

Noël sursauta.

– Oui, oui, dit-il, confus.

Et de se lever en même temps que son modèle afin de l'empêcher de s'approcher du chevalet et de constater que le portrait n'était pas plus poussé que l'avant-veille.

Renée se renversa en arrière, un genou dans ses mains jointes :

– Vous n'avez pas l'air bien ardent à la tâche, mon pauvre Noël! Je ne vous inspire pas! (Elle lui jeta un regard insistant :) Ou est-ce l'absence de Belle qui vous prive de vos moyens?

Noël prit le parti de mentir contre toute vraisemblance :

– Nullement. Je dois convenir, par contre, que la lumière est moins bonne que je n'aurais cru!

– Ouvrez le vasistas. Vous y verrez plus clair.

– Inutile. Une « anglaise »?

Ils fumèrent un long moment en silence, puis Renée soupira :

– Savez-vous à qui je pense?

– Non.

– A Chris.

– Chris?

– Chris Turner. Son bateau quitte Vigo d'ici une quinzaine de jours. Il me supplie, par lettre, d'aller l'y rejoindre.

– Eh bien, allez-y!

– Croyez-vous que je serais heureuse avec lui?

– Je ne sais pas. En tout cas, lui ne serait pas heureux avec vous.

Renée chassa une bouffée de fumée vers le plafond :

– Merci. Je me demande pourquoi *ils* ont tous envie de m'emmener loin d'ici, dans des pays non civilisés.

– Sans doute pour n'avoir plus à vous disputer à autrui.

– Voilà bien une idée masculine! Quel plaisir peut-on éprouver à posséder un objet qui n'excite la convoitise de personne?

– Vous parlez comme Belle! dit brutalement Noël. Si vous repreniez la pose?

– Quoi, déjà?

– Oh! vous pouvez fumer! Laissez-moi seulement arranger un peu cette robe. Elle découvre vos chevilles.

– Tant mieux!

– Non, je ne suis pas peintre mondain.

Noël s'était agenouillé devant Renée. Au même instant, il se sentit reporté au seuil d'une pièce obscure d'où provenait une musique assourdie.

– Quel est ce parfum? interrogea-t-il d'une voix rauque.

Comme la plupart des femmes que l'on questionne sur ce point, Renée prit un air surpris et enjoué :

– Je suis parfumée, moi?

– Oui et, pour Dieu, ne me dites pas que c'est votre parfum naturel! Je n'en croirais rien.

– En ce cas, ce doit être celui de Belle. N'oubliez pas que cette robe lui appartient.

Noël s'était relevé. Il se pencha sur Renée, à la toucher :

– Je ne l'oublie pas! Mais il n'y a pas que cette robe de parfumée. Vos cheveux, votre nuque le sont aussi!

La main de Renée se posa sur l'épaule de Noël, s'y crispa :

– Bon, je vais tout vous dire, Sherlock! Je suis tombée par hasard sur le flacon que vous voyez là-bas et j'en ai soustrait quelques gouttes... à seule fin de savoir si Belle n'exagère pas en affirmant qu' « Auburn » produit sur vous un effet irrésistible!

Son bras nu se nouait autour du cou de Noël, l'attirait.

– Attention, vous deux! fit une voix. Je suis là.

Noël se dégagea brutalement, se retourna.

Il n'avait pas imaginé ainsi le retour de Belle. Il n'avait décidément pas prévu qu'il ferait à ses yeux figure de coupable!

– Vous pourriez tout de même me dire bonjour...

Et, cependant, elle était bien là, se détachant en sombre sur le ciel bleu pastel, une petite valise à la main, identique à elle-même, alerte et sûre de soi.

## VI

Tout homme a connu des moments où il s'est imaginé, de bonne foi, toucher le fond du désespoir ou du découragement.

La semaine qui suivit le retour de Belle et le jour même de ce retour, Noël se sentit à ce point misérable qu'il envisagea successivement d'avaler une dose de poison dont Belle aurait sa part, d'étrangler l'infidèle pendant la nuit, de partir seul vers l'inconnu. Peut-être, sous d'autres cieux, découvrirait-il une autre Belle, tirant l'aiguille, puisant l'eau du puits? Le soin qu'il apportait à l'élaboration de tels projets lui était garant qu'il ne se complaisait pas à de vaines spéculations. Dans l'intervalle il souffrait mille morts d'être forcé de se taire et de simuler, de ne pouvoir s'appuyer sur aucune certitude. Il éprouvait l'impression d'errer dans une nuit opaque dont il ne verrait pas la fin.

Une explication loyale aurait, seule, permis de liquider définitivement le passé. Mais – Noël le comprit à peine se retrouva-t-il en sa présence – presser Belle de questions, lui arracher son secret, quel qu'il fût, c'était se trahir lui-même; *accuser*, dans son cas, revenait à *avouer*.

Certes, la veille encore, il était décidé à sacrifier sa sécurité personnelle à l'amère jouissance de confondre la transfuge. Il n'envisageait d'autre avenir qu'immédiat. Il ne souhaitait que se décharger en partie sur Belle du fardeau qu'il portait.

Il suffit d'une voix, d'un bruit familier de pas, pour changer tout cela, lui rendre le goût de la lutte, renouer des liens ténus, mais solides.

Enfin, si Noël s'arrogeait les droits du justicier, il n'éprouvait pas les remords du coupable. Sa liberté pour prix de la vie d'un Weyl, quelle dérision!

Belle n'adressa pas à Renée et à Noël les reproches que leur attitude semblait justifier. Ayant, comme de coutume, fait son entrée au meilleur moment, elle en conçut une satisfaction qui l'inclina à l'indulgence.

Noël, par contre, ne put s'empêcher de lui faire entendre qu'il n'était pas sa dupe.

– Comment va ta mère? jeta-t-il de loin en s'efforçant de mettre dans ces simples mots toute l'amertume dont il était capable.

– Mieux, répondit Belle d'un ton bref.

Noël n'entretenant avec sa belle-mère que des rapports espacés et tendus, son état de santé devait figurer à l'arrière-plan de ses préoccupations.

– Elle a passé une nuit calme.

– J'imagine que ta présence à son chevet a contribué à son rétablissement?

– Je l'imagine aussi. Elle était ravie de me voir.

En temps normal, pensa Noël, Belle eût ajouté : « Et toi, mon chéri, tu ne t'es pas trop ennuyé sans moi? »

Mais – soit qu'elle le sentît hargneux, soit qu'elle répugnât à couronner son mensonge – elle s'en abstint.

Renée voulait s'en aller. Belle s'y opposa et, magnanime, l'invita à prendre une tasse de thé, la retint finalement à dîner.

La confusion, chez Renée, demeurait toute de surface. Au bout d'une heure, il n'en restait plus trace. Et il lui parut alors que le moment était venu de rétablir la situation à son profit.

– Peut-être n'as-tu pas lu les journaux de midi? interrogea-t-elle d'un ton détaché.

– Non. Comment l'aurais-je pu? J'arrive tout droit de la gare.

– En ce cas, tu n'es pas au courant de l'affaire?

Renée avait la fâcheuse habitude de poser une demi-douzaine de questions pour le moins avant de commencer un récit et de se le faire arracher bribe par bribe. Dans un cercle d'amis, il lui arrivait de se lever pour chuchoter à l'oreille d'un tel ou d'un tel. C'était si puéril que personne ne songeait plus à s'en formaliser. Cette fois, cependant, Noël crut discerner dans ses réticences une intention maligne.

Belle, de son côté, trahit quelque nervosité :

– Quelle affaire?

– Une affaire énorme, ma chère! Ton ami Weyl a été assassiné.

Il y eut un petit silence que les acteurs de cette scène mirent à profit pour s'observer l'un l'autre; plus exactement, que Renée et Noël mirent à profit pour observer Belle.

– Non! dit-elle. Et par qui?

Renée parut choquée :

– Là, tu nous en demandes trop! La police n'a commencé son enquête que ce matin. Mais je parierais pour un crime passionnel.

– Mon Dieu, il faudra que j'aille trouver Judy! Elle qui m'avait demandé si nous étions libres dimanche et qui comptait nous emmener à la campagne en voiture!

Noël se surprit, une fois de plus, à attendre une réflexion qui ne vint pas. Une réflexion de ce genre : « Ce n'est vraiment pas de chance! Alors que les amis riches et généreux sont déjà si rares!... »

Car Belle, avec l'inconscience de l'égoïsme, s'empressait toujours de dresser un bilan personnel du bonheur et du malheur d'autrui.

Quelque chose, décidément, l'empêchait, depuis son retour, d'être tout à fait elle-même. Mais quoi? Etait-ce la certitude d'avoir reconnu Noël, la veille au soir? La crainte qu'une parole imprudente ne permît à son mari de découvrir l'intrigue nouée avec le mort?

Noël qui, tout au désir d'accabler Belle, lui en avait d'abord voulu de retenir Renée, se félicitait maintenant qu'une présence étrangère retardât leur tête-à-tête. Seul à seule avec elle, peut-être se fût-il laissé aller à des paroles, des gestes irréparables.

Renée partie, il rangea ses pinceaux, recouvrit la toile commencée, tout en observant sa femme du coin de l'œil. Elle allait et venait avec un naturel parfait, lui jetait de temps en temps un mot auquel il répondait par monosyllabes :

– Tu n'as pas vu la pince à épiler?

– Non.

– Passe-moi la carafe, que je la remplisse.

– Une seconde.

Comme elle se déshabillait derrière le paravent et qu'il était sûr de ne plus rencontrer son regard, il se sentit plus courageux :

– Ainsi, tu ne regrettes pas trop ton ami Weyl?

Vain coup de sonde. Le silence était une arme dont Belle connaissait toute l'efficacité.

– Tu ferais peut-être bien de porter le deuil?

Cette fois, Belle parla. Mais ce fut pour appeler Wanda auprès d'elle, comme si la chatte restait le seul être de bons sens à qui elle pût s'adresser :

– Viens, mon bijou... Viens près de ta maman. Installe-toi là! (Une pause :) Ton maître a de nouveau un de ses ridicules accès de jalousie.

Cette voix douce, un peu maternelle, n'eut pas sur Noël l'effet pacifiant qu'elle produisait généralement. La frêle silhouette entrevue dans le parc de l'avenue Sémiramis était sans cesse présente à son esprit.

– Et, cependant, je ne lui demande pas, moi, ce qu'il a fait avec Renée avant que je ne rentre.

Noël insista maladroitement :

– Tu ne vas pas nier qu'il t'ait plu?

Belle, en chemise de nuit blanche, quitta l'abri du paravent. On aurait dit une des petites internes du pensionnat voisin qui se fût trompée de dortoir. Wanda, dans ses bras, ressemblait à un gros manchon noir.

– Qui ça?

– Weyl!

Elle s'arrêta et ses sourcils se froncèrent. Son visage, à l'occasion, savait devenir dur :

– Je t'en prie, ne parlons plus de Weyl! Je suis fatiguée, je voudrais dormir.

Noël eut un accès de colère impuissante, rentrée. Il était étendu sur le lit, en pyjama, la nuque dans les mains. Il se glissa sous les couvertures, se tourna sur le côté, fermement résolu à ne plus ouvrir la bouche, le feu dût-il se déclarer à la maison. C'était sa vengeance, une vengeance de faible, que ces bouderies où il s'enfermait parfois des heures durant et bien à contrecœur. Mais le calme imperturbable de Belle, sa rouerie innée, la façon aisée dont elle se tirait des cas les plus difficiles, ramenaient les plus ardents réquisitoires à leurs justes proportions, ne lui laissaient d'autre alternative que de recourir à la violence ou à un mépris affecté.

Pendant un long moment Noël attendit le : « Tu ne m'embrasses pas? » destiné à favoriser les réconciliations tout en ménageant son amour-propre masculin, ou le chantant : « Bonsoir! » qui signifiait : « Tu vois, *moi*, je ne t'en veux pas! » Il répondait d'ailleurs généralement par un : « Non! » catégorique dans le premier cas, et par un silence absolu dans le second.

Mais il eut beau se tourner et se retourner sur sa couche, tapoter son oreiller, repousser Wanda sans douceur, le silence ne fut rompu, longtemps après, que par la respiration égale de Belle, touchée par le sommeil.

Alors, commença pour Noël un martyre qu'il devait vivre pendant des nuits et des nuits et dont, le lendemain déjà, la seule perspective lui donnait, aux approches du soir, des envies meurtrières. Percevoir, dans l'ombre, le souffle régulier de Belle; la savoir sans inquiétude, sans remords; toucher par mégarde une épaule ou une jambe insensibles; et se demander, pendant tout ce temps, jusqu'à quel point elle était coupable, si elle éprouvait encore quelque amour pour l'homme étendu à ses côtés, si elle continuerait d'en éprouver, sachant toute la vérité! Ne s'endormir enfin, aux premières lueurs de l'aube, que pour devenir la proie de cauchemars où grouillait tout un monde de créatures hostiles et difformes!

Noël sortait de ces épreuves le cœur chaviré, les tempes douloureuses. L'idée même de s'installer devant son chevalet, de prendre un crayon, une plume, lui faisait horreur. Il se jetait sur les journaux, lisait et relisait les articles consacrés à « son crime », dépité de n'y trouver que des redites ou de négligeables détails. Puis il prenait son chapeau, allait se promener sans but, respirant à pleins poumons dans l'espoir de libérer sa poitrine du poids qui l'oppressait.

Belle, pendant ce temps, vaquait tranquillement à ses occupations, rencontrait des amies, rapportait dans les plis de sa robe un parfum de cigarettes anglaises, ou dans les plis de son ciré l'odeur de la pluie d'octobre.

« Tu devrais travailler! » disait-elle sans conviction, tout en se gardant – soit qu'elle estimât sa mauvaise humeur sans fondement, soit qu'elle eût peur d'en apprendre la véritable raison – de poser à Noël la moindre question précise.

Il répondait : « Pourquoi? » ou encore la considérait en hochant la tête, comme si son inconscience dépassait son entendement. Aux repas, il dédaignait les aliments, buvait sans mesure. Un après midi, dans un accès de rage, il lacéra un de ses paysages et le posa en évidence sur son chevalet, de manière que Belle ne pût manquer de l'apercevoir en rentrant.

Elle l'aperçut, ne dit rien.

Ce ne fut que le soir et une fois couchée qu'elle murmura d'une voix lontaine : « La petite maison bleue ne valait pas grand-chose. Mais la toile aurait pu servir encore. »

Il lui arrivait de rapporter des informations fraîches, cueillies Dieu sait où, mais dont l'authenticité paraissait indiscutable. Ainsi Noël en apprenait-il davantage par elle que par la lecture des journaux :

– Pauvre Joan! La police n'ignore plus rien des tendres sentiments qu'elle nourrit pour Abdon Chambre, le secrétaire de son père.

– Ah! non?

– Suppose que Judas Weyl ait découvert le pot aux roses. Il n'était pas homme à supporter de voir sa fille s'éprendre d'un inférieur. On a toujours dit qu'Abdon avait un passé chargé et que Weyl le tenait à sa merci.

– Et tu en conclus?

– Moi, rien. Mais la police se demande si Chambre, sur le point d'être exécuté, n'a pas frappé le premier. Elle se demande aussi jusqu'à quel point Joan – qui a toujours détesté son père – n'avait pas intérêt à sa disparition. Judas était capable de lui couper les vivres et de la déshériter. Or, plus de dot, plus d'Abdon!

– Simples présomptions...

– Sans doute! Pour leur malheur, ni Joan ni Chambre ne peuvent justifier de leur emploi du temps, la nuit du crime, de façon satisfaisante. Joan se trouvait depuis trois jours en province chez une amie quand, vendredi soir, celle-ci fut appelée à Londres pour affaires. Joan – qui pilotait elle-même sa petite « Skoda » – déclare avoir dîné en route, dans une auberge dont elle ignore l'emplacement exact et le nom, et être rentrée vers 1 heure du matin. Mais il lui suffisait de brûler l'auberge et de pousser un peu sa voiture pour arriver avant minuit. La police trouve étrange également qu'elle ne se soit pas empressée d'avertir ses parents de son retour.

– Que dit-elle?

– Qu'ayant frappé en vain à la porte de son père et à celle de sa belle-mère, elle les a crus endormis.

– Et Abdon?

– Il prétend s'être couché à 9 heures et avoir dormi d'une traite jusqu'au matin. Sa chambre étant située au troisième étage, cela explique, d'après lui, comment il n'a entendu aucun bruit suspect provenant du rez-de-chaussée.

Noël eut un frisson rétrospectif en songeant qu'il aurait pu être surpris, l'arme à la main. Il ne s'était jamais demandé, tant il avait été frappé par son aspect désolé, si la maison abritait ses hôtes habituels au moment du crime.

– Judith, dans tous les cas, était absente?

– Elle faisait un bridge chez des amis. Son retour a dû précéder, d'une heure environ, celui de Joan.

– Mais alors...

– Oui, elle aussi aurait eu l'occasion de frapper Judas. Son muet désespoir a contraint la police à la respecter jusqu'ici. Mais quand on sait quel puissant mobile est la jalousie...

– Judith jalouse? Il ne se passait pas de semaine qu'elle ne présentât à Judas des femmes jeunes et jolies.

– Oh! à seule fin d'en supplanter d'autres, jugées plus dangereuses! Les amies passent, la femme reste. La conduite de Judy s'est toujours inspirée de ce postulat. Enfin elle ne détestait pas, quoi qu'elle dît, jouer les victimes.

Renée aussi avait son service d'information personnel. Seulement les bruits dont elle se faisait l'écho souffraient moins de crédibilité :

– Il paraît que des faïences de l'époque Ming ont disparu des vitrines.

– Il paraît que la police a trouvé un cheveu de femme adhérant à la robe de chambre de la victime.

– Il paraît que Toen, le vieux valet de chambre, ne touchait plus ses gages depuis un an et qu'Abdon lui doit une petite fortune.

Ces « rapports » étaient présentés sous une forme dubitative et il était difficile d'y démêler le vrai du faux.

Noël, après trois jours, s'en vint à souhaiter que la police lui réclamât des comptes. Une lutte, même inégale, lui paraissait préférable à l'inaction qui lui était imposée. Il trouvait étrange, voire inquiétant, qu'on le laissât tranquille. Et peut-être, à la faveur de l'un ou l'autre interrogatoire, apprendrait-il de quelles armes disposait réellement la justice...

Le mercredi s'écoula sans incident marquant.

C'est ce jour-là qu'on conduisit Judas Weyl à sa dernière demeure. Noël prétexta une indisposition subite pour rester couché. Belle ne parut pas dupe, mais n'insista pas pour qu'il l'accompagnât. De sa vie Noël n'avait suivi un corbillard. Dans la rue il se détournait des entreprises de pompes funèbres.

Le jeudi aussi fut un jour comme les autres. Belle,

tentée par la douceur de l'arrière-saison, parlait déjà de partir en week-end...

Enfin, le vendredi matin, alors que Belle était sortie et que Noël trompait son impatience en faisant une réussite, des pas ébranlèrent les degrés de fer de l'escalier extérieur.

Les pas montaient lentement, pesamment.

C'est à peine, cependant, si Noël eut le temps d'escamoter son jeu de cartes et de se composer une attitude.

Déjà, on frappait au carreau.

Il se retourna, conscient de sa pâleur.

Un homme était là, derrière la porte vitrée, interceptant la lumière du jour et levant un poing monstrueux, ganté de filoselle.

## VII

Noël alla ouvrir sans hâte, tout en laissant volontairement paraître un étonnement teinté de méfiance.

L'homme ôta aussitôt son chapeau melon. Il devait peser dans les cent kilos et sa courte ascension l'avait visiblement essoufflé.

– M. Noël Martin? s'informa-t-il d'une voix voilée, peu en rapport avec son imposante personne.

– Lui-même.

– Commissaire aux délégations judiciaires Honoré Maria. Je vous serais obligé de m'accorder la faveur d'un entretien particulier.

Noël acheva de tirer le battant à lui :

– Volontiers. Encore que je ne voie pas...

Le nouveau venu dédaigna de répondre. S'étant avancé d'autorité jusqu'au centre de l'atelier, il y demeura immobile, les bras pendants, son chapeau dans ses mains gantées.

– Si vous voulez vous asseoir?

– Merci.

Une longue suite de mésaventures avait dû prévenir le gros homme contre la capacité de résistance des chaises et des fauteuils, car il jeta son dévolu sur un coffre à bois où Belle rangeait de vieux vêtements.

Quand il y fut installé et apparemment condamné à n'en plus bouger avant un bon moment, Noël, demeuré debout, l'enveloppa d'un regard interrogateur.

Il était en pleine possession de son sang-froid, ne redoutait rien, sinon un retour inopiné de Belle.

Mais le commissaire ne semblait pas autrement pressé d'engager la conversation. Il reprenait lentement son souffle et Noël le soupçonna de lui jouer là une petite comédie destinée à l'inquiéter.

Il ne se trompait pas. Le commissaire Maria se faisait une règle de mettre les nerfs de ses interlocuteurs à l'épreuve par des silences prolongés.

– Peut-être, commença-t-il enfin, vous doutez-vous de l'objet de ma visite?

C'était faire bon marché du : « Encore que je ne voie pas... » formulé par son hôte quelques instants auparavant.

Noël se décida à combattre le gros homme par ses propres armes : il hocha simplement la tête d'une façon dubitative.

Force fut donc au commissaire de rompre à nouveau les chiens. Il le fit à regret :

– La lecture des journaux de ces derniers jours a dû vous apprendre que M. Judas Weyl, industriel, domicilié avenue Sémiramis, nº 42, avait été assassiné dans la nuit de vendredi... Non?

– Si, admit Noël.

Le commissaire avait extrait de ses poches un

petit carnet aux pages écornées et un crayon muni d'un protège-pointe. Il ôta ses gants avec soin, humecta la pointe de son crayon, prit acte de ce « si ».

– M. Weyl, à ce qu'on m'a dit, vous comptait, Mme Martin et vous, parmi ses intimes?

– Oui. Sa mort nous a bouleversés.

– Et étonnés, non?

Noël en convint.

– A quand remonte l'amitié qui vous unissait à la victime?

– A un an environ.

– Je présume que vous vous voyiez souvent?

– Une ou deux fois par semaine en moyenne.

– Connaissez-vous Mlle Joan Weyl?

– Evidemment.

– Et M. Abdon Chambre, le secrétaire particulier de M. Weyl?

– Oui.

Le commissaire rumina ces réponses un bon moment. Son petit carnet retenait toute son attention.

– A votre avis, M. et Mme Weyl formaient-ils un couple uni?

– Certainement.

– On prêtait cependant à M. Weyl plus d'une aventure extra-conjugale? On dit aussi que Mme Weyl en éprouvait un vif chagrin?

Noël pensa avec amertume qu'un criminel vulgaire aurait vu là une occasion d'orienter les soupçons dans une fausse direction. Mais il n'était pas prêt à se sauver en perdant autrui.

– On dit tant de choses! fit-il en haussant les épaules.

– Personnellement, vous n'avez jamais assisté à aucune dispute, aucune querelle, non?

Noël se raidit.

– Qu'attendez-vous de moi, commissaire? Que je joue les indicateurs?

Le gros homme releva lentement la tête. Pour la première fois, ses petits yeux vairons – l'un était bleu l'autre gris – se posèrent sur son interlocuteur :

– Nullement. Nous avons les nôtres, agréés. Permettez-moi toutefois de vous faire observer que vous manqueriez moins aux devoirs de l'amitié en me répondant sans détour qu'en vous enfermant dans un silence prêtant à confusion.

– C'est juste, admit Noël après un temps. Voici donc mon sentiment en deux phrases. Vous faites fausse route en supposant que Judith Weyl aurait pu devenir criminelle par jalousie. Elle souffrait de l'inconstance de son mari, mais cette souffrance même était sa vie.

Le commissaire ne consigna pas cette réponse; néanmoins, de la façon dont il l'écouta, il était permis de conclure qu'il ne l'oublierait pas de sitôt.

– Je vous remercie de votre franchise. Parlons de Mlle Weyl. Lui est-il jamais arrivé de vous faire des confidences?

– Sans doute! Mais non dans l'intention qu'elles soient répétées.

Le commissaire poussa un soupir :

– Je me serais mal exprimé! Mlle Weyl est en âge de se marier. Je voulais simplement vous demander si l'on n'avait jamais, à votre connaissance, associé son nom à celui d'un jeune homme?

L'intrigue de Joan et d'Abdon étant le secret de Polichinelle, Noël ne crut pas devoir feindre l'ignorance. Par Belle, il savait d'ailleurs que la police n'avait plus grand-chose à apprendre sur ce sujet.

– M. Weyl contrecarrait l'inclination de sa fille, m'a-t-on dit?

– Comment l'aurait-il pu? Il n'en était pas informé.
– Supposons qu'il en ait eu vent. Il l'aurait combattue, non?
– Probablement.
– Je serais heureux de connaître votre opinion sur ce M. Chambre. Vous inspire-t-il confiance?
– Non. Ni confiance ni sympathie. J'ajoute immédiatement que je ne le crois pas capable de commettre un crime.
– Vraiment? Pourquoi?
– Parce qu'il ne le pourrait pas! Il manquerait du sang-froid et de la détermination nécessaires.
– T'ss, monsieur Martin.. Je suis orfèvre – comme nous avons coutume de dire au Quai des Orfèvres par manière de plaisanterie – et je puis vous assurer qu'on tue rarement de sang-froid. Du sang-froid, c'est après qu'il en faut, quand le coupable entend sonner à sa porte, doit répondre aux questions, mentir, feindre, imaginer une histoire qui tienne, jouer au plus fin avec la police... Dites-moi... Mlle Weyl et son père se trouvaient en perpétuel conflit, à ce qu'il paraît?
– Oui, l'esprit d'indépendance de l'une attentait à l'autocratie domestique de l'autre. Joan déniait à son père tout droit de s'immiscer dans sa vie privée. Elle lui reprochait sa cruauté à l'égard de Judith. Elle lui en voulait de s'être toujours opposé à ce qu'elle s'émancipât par le travail... Bien entendu, tout cela est insuffisant pour pousser au crime une jeune fille de sa condition!
– Même quand cette jeune fille se trouve sous l'entière dépendance d'un individu sans scrupule?
– Même alors! Douteriez-vous que Weyl ait été frappé par un homme?...
Mais si Noël espérait obtenir ainsi quelque précision sur la marche de l'enquête, il fut déçu. Le

commissaire, une fois de plus, ne semblait plus s'intéresser qu'à son petit carnet.

– Vous m'avez bien dit que vous fréquentiez chez les Weyl deux fois par semaine, en moyenne?

– Oui.

– Mais il arrivait quelquefois à Mme Martin de s'y rendre sans vous?

– Naturellement.

– Il arrivait aussi quelquefois que M. Weyl fût seul à la maison?

– Je le suppose.

– Etant donné la réputation de ce dernier, l'idée ne vous est pas venue qu'il pût...

– Faire la cour à ma femme? Voyons, commissaire, nous ne sommes plus en 1900! Weyl, au reste, n'a jamais attendu, pour se répandre en propos galants, que j'eusse le dos tourné ou que je fusse absent.

– Et vous ne... Vous ne trouviez rien à redire?

– Non. Ces petits jeux ne présentent de réel danger que quand on cherche à s'y opposer. Ils entretiennent chez la femme le désir de plaire, tout en empêchant son compagnon de s'endormir dans une sécurité trompeuse.

– La plupart des maris tiennent un autre langage.

– Eh bien, ils ont tort! On ne saurait faire bon ménage sans deux ou trois Weyl.

Noël acheva en pensée : « ... et trois ou quatre Renée! » Il éprouvait, à se faire l'avocat de Belle, à développer ses théories favorites, un peu de l'exaltation du chevalier défendant les couleurs de sa dame. Qui lui eût démontré à ce moment qu'il avait été conduit au crime par son indulgence même l'eût fait tomber de son haut.

Le commissaire parut sur le point de prendre congé. Au moment de se lever, il se ravisa :

– Il me reste une petite question à vous poser...

« Nous y voici! » pensa Noël.

– N'y attribuez pas plus d'importance que je ne lui en accorde moi-même. Mais je suis obligé de vous demander, ainsi qu'à tous les intimes de la victime, où vous vous trouviez et ce que vous faisiez dans la soirée de vendredi dernier.

– En d'autres termes, vous m'enjoignez de vous fournir un alibi?

Mais le commissaire estimait en avoir assez dit. Ayant rouvert son carnet d'un coup de pouce, il attendait, le crayon en l'air.

Noël ne commit pas l'erreur de parler tout de suite. Il parut s'abîmer dans une profonde méditation :

– Attendez... Vendredi, vendredi?... Nous avons dû nous coucher à 9 heures... Non, c'est le jour où ma femme a été appelée à l'improviste au chevet de sa mère malade.

Le gros homme, d'un geste de la main, freina le débit de son interlocuteur :

– Par conséquent, Mme Martin et vous n'étiez pas réunis ce soir-là?

– Non. Elle a pris le train de 18 h 10 pour Pont-de-l'Ile et n'est rentrée que le lendemain, dans l'après-midi.

– Peut-être voudrez-vous bien me donner le nom et l'adresse de la malade?

– Certainement. Ma femme est née Garsou. Sa mère habite Pont-de-l'Ile, au 7 de la rue du Mail.

Noël, ce disant, affectait une tranquillité d'esprit qu'il était loin d'éprouver. Car s'il s'attendait à être questionné sur son propre emploi du temps, il n'avait pas songé que la police pût s'inquiéter aussi des faits et gestes de Belle. *Par elle, ne pourrait-on remonter jusqu'à lui*?

– Et vous-même, monsieur Martin, êtes demeuré ici?

– Non, je m'ennuyais. Je suis allé au cinéma.

Le gros homme devait s'attendre à tout autre

chose car son crayon demeura immobile, comme rétif.

– A la dernière séance sans doute, interrogea-t-il enfin, celle de 9 heures?

– 9 heures ou 8 heures et demie, je ne sais plus trop!

– Et ce cinéma était...?

– *L'Empire*, place de la Bourse.

– *L'Empire*? Je crois bien y avoir passé moi-même la soirée, tout récemment. Vous y avez vu une comédie musicale américaine, non?

Cette malice cousue de fil blanc amusa intérieurement Noël. « Ainsi, tu te méfies? pensa-t-il. On va t'en donner pour ton argent! »

– Je crains que vous ne fassiez erreur. J'y ai vu, tout au contraire, un film d'épouvante intitulé, Dieu sait pourquoi, *Le Chat bleu*, et dont le triste héros, un certain Hyalmar Poelzig, après avoir touché le prix du sang pendant la Grande Guerre pour trahison, se fait construire un château truqué, au sommet du mont Marmaros, « le plus grand charnier du monde ». Je passe sur les détails. Poelzig, cela va de soi, joue aux échecs et est grand-prêtre de Satan. Un de ses amis intimes dont il a volé la fille ou la femme, je n'oserais préciser, et qui s'appelle Vitus Verdegast, comme vous et moi, finit par l'expédier en enfer... Du Poe, revu et corrigé par Hollywood.

Cette explication parut achever le commissaire. Rengainant crayon et carnet, il se leva pour de bon, et non sans mal :

– Je présume que Mme Martin ne rentrera pas avant un moment?

Noël fronça le sourcil :

– Non. Ma déposition ne vous suffit pas?

– Il me faut aussi recueillir la sienne. Mais rien ne presse. Je peux revenir.

– Elle m'a dit avoir l'intention de retourner voir

sa mère demain ou après-demain. Vous la trouverez généralement ici au début de l'après-midi.

Le commissaire se dirigeait vers la porte. Comme il passait devant le chevalet supportant le portrait de Renée, il s'arrêta :

– Mme d'Humain, n'est-ce pas?

Noël s'étonna :

– Vous connaissez Renée?

– Je l'ai rencontrée hier pour la première fois, ayant quelques questions à lui poser, tout comme à vous. Une charmante jeune femme, non? Et dont la fréquentation doit consolider singulièrement les ménages de ses amies?

Noël s'attendait si peu à une réflexion de ce genre qu'il en demeura suffoqué et laissa le commissaire s'éloigner sans répondre à son « au revoir ». Il le vit descendre l'escalier avec prudence, s'arrêter pour boutonner ses gants, saluer enfin d'un grand coup de chapeau Mme Elias, la propriétaire du magasin de jouets, qui traversait la cour :

– Bonjour, madame.

– Bonjour, monsieur le commissaire.

L'instant d'après, Noël dégringolait l'escalier :

– Une question, madame Elias! Vous connaissez l'homme qui vient de sortir?

– Mais oui, monsieur Noël. Il est chargé de l'enquête sur l'affaire de l'avenue Sémiramis, à ce qu'il paraît.

– Quand l'avez-vous vu pour la première fois?

– Hier après-midi. Il voulait vous parler, mais vous étiez sorti.

– Pourquoi ne m'en avez-vous rien dit?

– Ma foi, cela m'est sorti de la tête. Vous savez que, si je n'écris pas tout sur un bout de papier, j'oublie la moitié des choses que j'ai à faire.

– Il vous a interrogée?

– Pas précisément. « Savez-vous si M. Martin était

chez lui dans la soirée de vendredi dernier? » m'a-t-il demandé.

– Et que lui avez-vous répondu?

– Que j'étais prête à jurer que vous n'avez pas bougé de là-haut, vu qu'il y avait de la lumière et qu'on entendait la radio en passant dans la cour. Il n'y a pas de mal à cela, n'est-ce pas, monsieur Noël?

– Non, non!

– Je connais la police, allez! Dans ces affaires-là, il n'est jamais mauvais d'avoir quelqu'un qui puisse témoigner pour vous.

– Non, naturellement! Je vous remercie, madame Elias.

Il n'en restait pas moins, pensa Noël avec dépit, qu'il s'était donné la peine de se créer un alibi boiteux alors que la seule déposition de sa propriétaire eût probablement suffi à le mettre hors de cause.

## VIII

Le samedi fut un jour à visites...

Vers 10 heures, Noël, mal réveillé encore, traînait en pantoufles dans l'atelier quand on frappa au carreau.

C'était Judith Weyl, en tailleur noir.

Noël fut si étonné de la voir là, sous son aspect habituel, qu'il ne put, en l'accueillant, dissimuler son trouble.

Il se préparait à lui expliquer laborieusement pourquoi il n'avait pas assisté à l'enterrement de Judas quand, l'écartant de sa main gantée, elle se dirigea vers le chevalet et écarta le linge qui le dissimulait :

– A quoi travaillez-vous là?

Noël se trouvait à l'égard de Judith Weyl dans une situation assez particulière. Elle le traitait, tout comme Belle, de façon un peu maternelle. Cependant, à sa grande surprise, elle l'avait un jour attiré à elle et embrassé sur les lèvres sans qu'une absence de trois semaines parût suffisante à justifier semblable témoignage d'affection. « Coutume hongroise! » avait dit Judas en riant. Mais à bien d'autres signes encore – l'intérêt qu'elle ne manquait jamais de porter à son travail, une sorte de jalousie puérile qui la poussait à critiquer régulièrement ses modèles, des recommandations discrètes touchant sa santé, la dureté avec laquelle elle reprochait parfois à Belle de n'être pas plus soumise aux volontés de son mari – Noël sentait qu'il lui plaisait, qu'elle était attirée vers lui par un sentiment plus puissant que sa volonté. Cela permettait à Belle, quand il lui disait : « Ton Judas », de lui répondre : « Ta Judith. » Cela chatouillait aussi son amour-propre, lui suggérait un mode pratique de représailles; il s'était quelquefois surpris à penser en la regardant : « Si je voulais... »

– Mais c'est Renée!

Il comprit qu'elle ne tenait pas à évoquer en sa présence la figure du disparu, à ce qu'il s'apitoyât. Ses yeux étaient rougis par les larmes; son maquillage, hâtivement appliqué, s'écaillait par places. Judith Weyl portait le deuil d'une façon bien personnelle : renonçant à tricher, elle consentait pour la première fois à avouer son âge aux yeux du monde.

Noël sentit qu'il fallait bien dire quelque chose :

– Je crois pouvoir rendre son air d'animal gourmand. Mais non, j'en ai peur, l'ironie de la bouche, la dureté du menton.

Même en présence de Judith, il n'éprouvait pas de remords. Sans doute avait-il tué Weyl de ses propres mains. Mais une telle vie appelait une telle fin. On n'imaginait pas Judas Weyl coulant une vieillesse heureuse, entouré des siens. Et, à tout prendre, le calvaire de Judith était fini...

– La robe n'a-t-elle pas trop d'ampleur?

– Non, c'est voulu. En revanche, les mains manquent encore d'esprit. Je veux finir par elles, je les connais bien.

– Belle n'est pas ici?

– Si, elle s'habille.

– Vous n'avez pas encore vu Joan depuis...?

– Non.

La voix baissa au point de n'être plus qu'un murmure :

– Elle chantait, ce matin, dans son bain...

– Bonjour, Judy! Je regrette de vous avoir fait attendre, mais j'étais en combinaison.

A d'autres, le naturel du ton eût fait illusion. Mais Noël ne s'y trompa pas. L'apparition inopinée de Judith devait plonger Belle dans un embarras égal au sien.

– Ne vous excusez pas, mon petit. Je voulais vous dire bonjour en passant, voir comment vous alliez.

Judith s'exprimait avec sa netteté, sa dureté habituelles. Elle ne put cependant s'empêcher d'ajouter, de cette voix basse, comme honteuse, dont elle avait prononcé le nom de Joan :

– La maison est si... si grande maintenant!

– Noël!

Noël sut aussitôt ce qui l'attendait.

– N'avais-tu pas rendez-vous, ce matin, avec ton ami Simons? Il est plus de 10 heures. Si tu ne te dépêches pas de partir...

Chaque fois que Belle souhaitait rester seule avec une amie dont la présence de Noël eût contrarié les confidences, elle se souvenait opportunément de l'existence d'un Simons ou d'un Berben.

– Je vais m'habiller, dit Noël.

Il n'était pas fâché de laisser les deux femmes ensemble, d'éviter de devoir jouer à toutes deux la comédie qu'il avait jusqu'à présent jouée à une seule. Il disparut dans la salle de bain dont il referma la porte, mais le bourdonnement de leurs voix l'y suivit.

Il n'écouta pas, tout d'abord, absorbé par le soin qu'il apportait à se raser. Il se contentait d'identifier machinalement les voix, d'étiqueter chaque réplique comme l'aurait fait un auteur dramatique : Judith... Belle... Judith... Un silence... Judith...

Mais les phrases entraient en lui sans qu'il s'en rendît compte, éveillant peu à peu son intérêt :

– Sans doute s'ingéniait-il à me blesser, m'humilier. Mais il y a là bien de ma faute! Les premiers temps je répugnais à me montrer à lui telle que je suis : vulnérable, jalouse. Je redoutais que, fort d'une faiblesse avouée, il ne m'asservît complètement. Alors il a forcé la dose. Peut-être m'en voulait-il de mon apparente indifférence? Comme un bourreau mettrait à l'épreuve le degré de résistance de son patient, il m'imposait chaque jour un nouveau lien. Quand je criai enfin, il était trop tard. Trop tard pour tous deux. Il avait pris le goût de me torturer. J'avais pris le goût de souffrir.

Gêné comme devant une plaie subitement mise à nu, Noël se mit à faire du bruit sans nécessité, à seule fin de n'être plus tenté d'écouter la conversation. Mais des mots, des bribes de phrases revinrent bientôt impressionner son cerveau :

– ... il m'en remontrait le ridicule, l'inutilité... il ne l'aurait pas pu, moi non plus...

Et, malgré lui, il se reprit à prêter l'oreille :

– On le disait âpre au gain. Mais je connais des centaines de pauvres types dont il achetait les croûtes pour tapisser notre grenier. On le disait impitoyable. Je sais qu'il versait de petites rentes à ses adversaires loyalement battus. S'il se refusait à souscrire aux projets de mariage de Joan, ce n'était nullement par orgueil, mais parce qu'il tenait Abdon pour un coureur de dot.

Ainsi, pensa Noël, Judas Weyl, à l'opposé de ce que supposaient ses intimes, n'ignorait rien de l'intrigue de sa fille avec son secrétaire.

– On le disait sournois. Il savait être franc jusqu'à la cruauté.

Judith avait l'air de prononcer une litanie en mineur, une sorte d'éloge funèbre destiné à réhabiliter le disparu, tout en la justifiant de surcroît :

– On m'a reproché de me faire sa... pourvoyeuse! Mais il aimait, tout comme moi, s'entourer d'êtres jeunes, neufs. C'était ce à quoi il tenait le plus : ces pépiements, ces va-et-vient ininterrompus, ces bruits de portes qui claquent, de hauts talons sur tous les parquets. Pauvre Judas! La tentation était grande, j'aurais dû le comprendre mieux...

La pitié, chez Noël, cédait le pas, depuis un moment, à une indignation grandissante. Jamais il n'aurait cru Judith si forte, si sûre de soi en apparence, capable d'une telle veulerie. Mais peut-être lui-même, amené à brosser un portrait de Belle morte, aurait-il fait montre de la même indulgence?...

Il se décida brusquement à sortir de la salle de bain et à partir pour son « rendez-vous ». Il n'aurait pu en entendre davantage.

Il rôda dans le quartier, allant d'étalage en étalage, du pas traînant d'un homme qui n'est attendu par personne. Les devantures de fleuristes et de libraires le retenaient toujours plus longtemps que les autres. Celles des confiseurs aussi. Elles lui rappelaient l'heureux temps où il se hâtait vers l'école, les poches bourrées de « lacets » et de bonbons vernis.

Tout en marchant, il s'efforçait, une fois encore,

d'examiner sans passion leur situation réciproque, à Belle et à lui. Trois questions au moins réclamaient impérieusement une réponse.

Primo : Le soir du crime, Belle avait-elle reconnu l'homme qui s'était élancé vers elle comme elle sortait de chez Weyl?

Si oui, *elle savait* que Noël était coupable. Sinon, elle ne devait nourrir à son endroit que de vagues soupçons.

Secundo : Noël avait-il eu, en Judas, un rival heureux, ou Belle ne cherchait-elle, en se rendant chez lui, qu'à satisfaire un caprice, une simple curiosité?

Noël n'envisageait cette alternative que depuis peu, ou il n'aurait pas tué! Il avait fallu la reprise de la vie en commun pour qu'il se prît à douter. Certes, Belle était peu sensible. Certes, elle avait pu mentir à Renée, le jour de son retour, en prétendant n'avoir pas lu les journaux. Il n'en restait pas moins que l'indifférence avec laquelle elle avait accueilli la nouvelle de la mort de Judas n'était pas le fait d'une femme éprise.

Tertio : Belle, mise au courant de la vérité, verrait-elle, dans l'acte de Noël, une raison de chérir son mari davantage, ou lui ferait-il brusquement horreur?

Cette question en appelait une autre, mais Noël, sachant ne pouvoir la résoudre, répugnait à se la poser. Elle tenait en ces termes : « A supposer que j'obtienne une preuve formelle de l'infidélité de Belle, dans quelle mesure mes sentiments pour elle en seraient-ils influencés? »

La seconde de ces éventualités n'était pas la moins troublante. Car si Belle se révélait un jour intacte de toute souillure, Noël devrait renoncer, du même coup, à tout espoir de justification, se trouverait être l'auteur d'un crime gratuit, commis dans l'emportement d'une colère aveugle.

Il se sentit touché au bras, tandis qu'une voix enjouée lui soufflait dans le tuyau de l'oreille :

– Si c'est pour une blonde, je choisirais la chemise de dentelle noire.

Noël se détourna du magasin de lingerie devant lequel il rêvait et reconnut Victor Garrick, reporter à *L'Evénement.*

Ils conversèrent un moment à bâtons rompus, puis Noël proposa sans conviction :

– Tu as le temps de boire quelque chose?

Garrick secoua la tête :

– Innocent! Je n'ai plus le temps pour rien, depuis cette affaire de l'avenue Sémiramis. Ce ne sont que reconstitutions, interrogatoires et autres billevesées. Ah! je te jure bien qu'ils ne tiennent pas encore le type qui a fait le coup!

Le sang courut plus vite sous la peau de Noël. Une bouffée de chaleur – qui était due peut-être moins à une brusque sensation de réconfort qu'à un accès d'orgueil lui monta au visage :

– Tu crois?

– Pour moi, ce doit être quelque mari ou quelque amant trompé qui aura pris la mouche. Quant à dire lequel!

– La police a tout de même dû faire des découvertes intéressantes?

– Passionnantes! Juges-en : des traces de pas boueux sur le tapis du studio, un cheveu de femme châtain clair adhérant à la robe de chambre de la victime, et un mouchoir de batiste parfumé.

Noël éprouva une nouvelle émotion. Qu'on eût relevé des traces de boue sur le tapis du studio, traces évidemment laissées par lui, ne l'inquiétait guère. Dussent-elles permettre de découvrir la pointure du visiteur, le champ des recherches n'en demeurerait pas moins vaste. Les deux dernières trouvailles – le cheveu châtain clair et le mouchoir parfumé – étaient autrement compromettantes. Par elles, qui sait si la police ne réussirait pas à identifier la jeune femme reçue par la victime?

– Voilà deux jours, poursuivit Garrick, que les services de police technique s'efforcent de définir la composition et la marque de ce parfum. Deux jours, alors que le premier garçon coiffeur venu le reconnaîtrait du premier coup!

Un autobus venait de s'arrêter à trente mètres. Le reporter frappa sur l'épaule de Noël :

– Au revoir, vieux! A un de ces jours!

– Au revoir..., répondit machinalement Noël. A propos, qu'est-ce que c'est?

– Quoi? cria Garrick, tout en courant.

– Ce parfum?

Mais l'autobus démarrait. Le reporter précipita sa course, sauta sur la plate-forme. De là, il leva la main et cria quelque chose d'incompréhensible.

Noël reprit le chemin du retour. Il n'avait nul besoin de la confirmation de Garrick pour savoir que le mystérieux parfum était « Auburn », de Ramah.

Comme il s'engageait dans l'escalier conduisant à l'atelier, il constata que la porte de celui-ci était entrouverte et perçut un bruit de voix confuses. Judith devait être encore là.

« Tant pis si j'interromps ses épanchements! pensa-t-il. Je ne puis tout de même passer toute la journée dehors! »

Au fur et à mesure qu'il montait, il entendait plus nettement les répliques échangées :

– Il était vaniteux comme un paon. Hôpitaux et hospices n'ont jamais obtenu son concours qu'en s'engageant à faire graver son nom sur l'une ou l'autre plaque commémorative. Notre grenier regorge de toiles achetées à vil prix. Chaque fois que Judas, par une habile pression sur les marchands de tableaux, parvenait à faire monter les prix de l'une d'entre elles, elle était tirée de l'ombre et mise en valeur. Dans une discussion, espérer de lui une réponse directe, loyale, eût été folie...

Noël, debout au seuil de l'atelier, chercha vivement du regard la femme qui parlait de la sorte, sans pudeur et sans crainte, tout en s'efforçant, eût-on dit, de détruire l'heureux effet des paroles de Judith. C'était Joan, en tailleur noir, comme sa belle-mère, mais, à l'inverse de celle-ci, plus fraîche, plus éclatante que du vivant de Judas.

– Bonjour, Joan! dit-il, la main tendue. Permettez-moi de vous offrir mes plus affectueuses condoléances.

– Merci! Vous arrivez à temps pour délivrer Belle. Voilà une demi-heure que je l'abrutis littéralement de confidences.

– Ah oui?

– Je voulais amener Abdon, mais il est si occupé à mettre en ordre les papiers de Judas que je me fais l'effet – déjà! – d'une épouse délaissée.

Joan, en présence de tiers, n'avait jamais appelé son père que par son prénom, comme si elle lui déniait tout droit paternel.

Noël, à un froncement de sourcils de Belle, comprit que sa place était à nouveau dans la salle de bain, ou dans la cuisine. Sans doute aurait-il pu se rebiffer, mais, à tout prendre, mieux valait que Belle eût à réfléchir sur le sort d'autrui que sur le sien propre, ou celui de Noël. Il n'était pas impossible non plus qu'elle glanât de la sorte un renseignement précieux.

Il se réfugia donc dans la salle de bain et s'assit philosophiquement sur le bord de la baignoire. Joan parlait maintenant si bas qu'il fut longtemps sans rien comprendre. Puis sa voix monta soudain de plusieurs tons, tremblante de haine mal contenue :

– Il conduisait depuis vingt ans. La route était toute droite, unie comme un billard. Il n'avait pas le soleil dans l'œil, il roulait à soixante. Les freins fonctionnaient normalement, ses pneus n'ont pas crevé. Alors?...

– Joan!

Belle semblait partagée entre la stupeur et l'indignation :

– Judas aimait passionnément Hélène, je le sais!

– Il aimait aussi passionnément l'argent. Abdon m'a appris que, la veille de l'*accident*, il était sur le point de « sauter », faute de cent billets... et maman lui a laissé deux millions.

– Vous n'allez tout de même pas prétendre que...?

Il y eut un long silence.

– Non, dit Joan d'une voix rauque. Je suis odieuse.

Cette nuit-là Noël rêva qu'il se trouvait dans le studio de Judas Weyl, à deux pas du corps de sa victime, et que tout glissait de ses poches : son canif, son mouchoir, son trousseau de clefs, ses cigarettes. Il se baissait pour les ramasser, mais ils lui échappaient de nouveau. Les boutons de son pardessus se détachaient l'un après l'autre, allaient se cacher sous les meubles, et il ne parvenait pas à remettre la main dessus. D'une invisible blessure tombaient de petites gouttes de sang qui étoilaient le tapis. Ses semelles, comme imbibées d'encre, laissaient derrière lui des traînées indélébiles, aux contours nets. Finalement, il tentait de mettre le feu à la maison pour détruire les preuves de son crime, mais le vent soufflait ses allumettes.

La sensation de son impuissance lui fut si pénible qu'il se réveilla en sursaut. Tout était calme autour de lui. Belle et Wanda dormaient d'un sommeil paisible.

Il retomba sur son oreiller, soulagé. Il avait suffi

qu'il ouvrît les yeux pour que tous les objets, perdus chez Weyl, reprissent miraculeusement leur place. Tous, sauf certain cheveu et certain mouchoir...

Mais Noël se rassura vite. Le châtain clair n'est pas une nuance compromettante et des milliers de jeunes femmes avaient adopté l' « Auburn », de Ramah.

Restait le mouchoir!

Noël se leva sur la pointe des pieds et ouvrit les tiroirs de Belle. Mais il eut beau se livrer à une fouille minutieuse, ils ne contenaient que de ridicules petits carrés de voile ou de dentelle n'offrant aucune ressemblance avec le parent pauvre découvert sur les lieux du crime.

Ou Belle n'avait jamais possédé de mouchoir de batiste.

Ou, se doutant de l'endroit où était tombé l'un d'entre eux, elle avait détruit la série dépareillée qui pouvait la trahir.

## IX

Dès le seuil, Noël sut qu'une surprise désagréable lui était réservée. Il en eut l'intuition en voyant le visage froncé de Belle. Il en fut certain en découvrant, dans l'ombre, l'épaisse silhouette du commissaire Maria.

– Bonjour! dit-il, tandis que son regard allait de l'un à l'autre.

Belle referma un tiroir avec bruit :

– Bonjour! Le commissaire Maria est venu me poser quelques questions. Il voulait savoir où j'étais et ce que j'ai fait, le vendredi 4, entre 9 et 11 heures du soir.

– Ah oui?

– Simple formalité! crut devoir préciser le commissaire qui s'était levé et se tenait dans son attitude favorite, les bras pendants, l'air accablé.

– Et que lui as-tu dit? « enchaîna » Noël.

– La vérité toute nue! Que j'avais pris, à la gare Centrale, le train de 18 h 10 pour Pont-de-l'Ile, que j'étais arrivée à destination vers 7 h 30, que je n'avais pas quitté maman de toute la soirée... Le croirais-tu? ajouta Belle après une brève hésitation. Certaine jeune femme, reçue par Judas le soir de sa mort, aurait l'impudence d'user du même parfum que moi!

Noël se tourna vers le commissaire d'un air interrogateur.

– C'est vrai, admit le gros homme, contrarié. Nous avons trouvé un mouchoir dont l'odeur caractéristique, un peu poivrée, ne saurait être confondue avec aucune autre.

Noël se souvint à propos qu'il n'était pas censé être au courant des progrès de l'enquête :

– Je crains de ne pas vous suivre. De quelle jeune femme parlez-vous?

Le commissaire poussa un soupir. Il souffrait visiblement de voir les rôles renversés, d'avoir à répondre au lieu d'interroger :

– La présence, dans le studio, de mets délicats et de champagne nous a permis de conclure que Judas Weyl avait reçu, dans la soirée du 4, une visiteuse de ses amies. Cette visiteuse ne s'étant pas fait connaître, nous sommes bien obligés de la rechercher.

– Et vous avez pensé que ce pouvait être ma femme?

Le commissaire fit front de toute sa masse :

– Nous pensons le moins possible, au début d'une enquête. Nous nous efforçons tout bonnement de recueillir un maximum de précisions.

– En ce cas, j'ose espérer que celles qu'on vient de vous fournir vous auront satisfait?

– Sous réserve d'examen, oui.

Le commissaire se dirigea à pas lents vers la porte. Mais ce n'était qu'une fausse sortie.

– Par contre, monsieur Martin, fit-il d'un ton net, le juge d'instruction ne saurait se contenter, touchant votre emploi du temps le jour du crime, d'une affirmation pure et simple. Vous ne voyez personne qui confirmerait éventuellement vos dires? La caissière? L'ouvreuse?

Noël savait que cette question viendrait à lui être posée. Mais il ne l'attendait pas si tôt :

– Aucune raison, malheureusement, pour qu'elles se souviennent de moi... Attendez! Il y aurait bien ce vieil ouvrier que j'ai interpellé à la sortie...

– Un ouvrier? Quel genre d'ouvrier?

– Cantonnier, veilleur de nuit, je ne sais pas! Il se chauffait à un brasero, rue de la Pompe, au bord d'une tranchée. Ma voiture, déplacée à la main, n'était plus là où je l'avais garée. Je lui ai demandé s'il avait vu quelqu'un y toucher. Mais il dormait plus qu'à moitié, d'où j'en déduis qu'il était veilleur de nuit.

– Vous le reconnaîtriez à l'occasion?

– Sûrement. Quant à lui, il ne m'a même pas accordé un regard.

– *L'Empire* a fermé ses portes à quelle heure?

– Après que tout le monde fut sorti.

– C'est-à-dire?

– Minuit, minuit un quart.

– A l'entracte, vous auriez pu acheter des bonbons, un eskimo?

Noël se frappa le front :

– J'ai ce qu'il vous faut! Mon ticket d'entrée! Du moins, s'il est toujours sur moi.

Il commença par fouiller les poches de son veston

– celles où il savait ne rien trouver – pour finir par celles du gilet :

– C'est curieux... Il me semblait pourtant bien...

– Peut-être avez-vous changé de costume depuis?

Cette remarque dissipa la réelle inquiétude de Noël :

– Mais naturellement! Je portais mon bleu.

Il ouvrit la garde-robe, reprit ses recherches, méthodiquement d'abord, puis avec une hâte fébrile. Qu'était devenu le précieux petit bout de carton dont la difficile acquisition avait peut-être influencé le cours de sa destinée?

– Belle!

– Oui.

– Tu as touché à ce costume?

Belle laissa percer un peu de confusion :

– Non... Mais tu m'avais dit de le repasser...

Noël, d'ordinaire, était obligé de réitérer vingt fois ce genre de prière avant d'obtenir satisfaction.

– Et, naturellement, tu t'es empressée de jeter ce qui se trouvait dans mes poches?

– Non.

Belle, mise au pied du mur, commençait toujours par dire non.

– Ne mens pas!

– Je ne mens pas... Il n'y avait que quelques vieux bouts de papier.

– Que sont-ils devenus?

Belle baissa les yeux. On n'aurait pu lui arracher aveu plus criant.

A la surprise de Noël, le commissaire joua les médiateurs. Peut-être le naturel de la scène l'avait-il convaincu de la sincérité de ses protagonistes?

– Je vais tâcher de mettre la main sur ce veilleur de nuit. Après tout, son témoignage serait plus parlant que celui d'un malheureux ticket. Les gens de sa sorte, tout comme les cantonniers et les gardes-barrières, ont souvent une mémoire fidèle.

Il s'en allait pour de bon. Noël referma la porte sur lui et fit volte-face :

– Me voilà frais! Quelle idée t'a prise de repasser ce costume?

– Tu me l'avais demandé...

– Je t'en prie, n'essaie pas de me donner à entendre que je n'ai qu'à lever le petit doigt pour être obéi!

Son visage blêmissait sous l'effet de la colère.

– Tu ne vas tout de même pas m'étrangler à cause d'un vulgaire bout de carton?

– Ce n'était pas un vulgaire bout de carton! (Noël, de la tête, désigna la porte :) Tu ne l'as pas entendu, non? « Le juge d'instruction ne saurait se contenter d'une affirmation pure et simple »! Comment veux-tu que je la leur donne, maintenant, la preuve qu'ils réclament?

Belle paraissait songeuse.

– C'est drôle, dit-elle soudain, que tu aies passé la soirée du 4 à *L'Empire*!

– Ah oui? Pourquoi?

– Primo : parce que nous y étions allés ensemble l'avant-veille. Secundo : parce que tu avais trouvé le film détestable.

Noël fit appel à toute sa présence d'esprit :

– Puisqu'il faut te rendre des comptes à toi aussi, tu voudras peut-être bien te souvenir que l'héroïne portait deux robes ravissantes? Je ne suis retourné à *L'Empire* que pour les copier.

– Deux robes ravissantes?... Lesquelles?

– Celle qu'on lui voit essayer au début du film, et celle que Poelzig lui arrache dans le cellier.

Belle parut satisfaite de cette explication. Mais Noël, dont la rage couvait comme un feu mal éteint, ne put s'empêcher de jeter à son tour :

– Je trouve moi-même fort curieux que tu aies

déclaré au commissaire avoir passé la soirée du 4 chez ta mère.

– Curieux? Pourquoi?

« Attention! souffla une voix à l'oreille de Noël. Tu t'aventures sur un terrain mouvant. Pèse tes mots. Prends garde de te couper! » Mais il n'était plus en mesure d'écouter les conseils de la prudence.

– Parce que tu n'y étais pas, tout simplement!

– Je n'y étais pas?... (Belle ouvrait de grands yeux :) Et où étais-je, dis-moi?

Une jolie botte, mais Noël l'esquiva :

– Je n'en sais rien. Si tu veux toute la vérité, j'ai essayé de te toucher par téléphone, sans succès.

– Tu as essayé...? A quelle heure?

– Vers 8 h 30.

– Et ton appel est demeuré sans réponse?

– Oui.

– En ce cas on t'aura donné un mauvais numéro.

– Impossible. Sur ma demande, la téléphoniste a insisté pendant cinq minutes.

– Je n'y comprends rien! Rose ne sort jamais le soir.

Rose était la vieille bonne de Mme Garsou.

– Sans doute n'a-t-elle plus l'ouïe très fine. Cependant, de sa cuisine, elle entend généralement la sonnerie.

– Je me moque bien de Rose! éclata Noël. Veux-tu m'expliquer pourquoi, *toi,* tu n'as pas décroché?

Belle regarda Noël comme si elle doutait subitement de sa raison :

– Comment l'aurais-je pu? J'étais à la clinique.

– A la... clinique?

Il était dit que Noël répéterait toutes les réponses de Belle pour en dégager le sens, et inversement. Ils avaient un peu l'air de se voler leurs répliques.

– Mais bien sûr! Maman s'y trouvait déjà depuis

trois heures quand je suis arrivée. Elle a été prise d'une crise aiguë tout de suite après le déjeuner et le Dr Bergh crut venu le moment de procéder à une intervention chirurgicale. Par parenthèse, tu m'aurais accueillie un peu plus gentiment que je t'aurais appris tout cela le jour de mon retour.

– Ta mère a donc été opérée?

– Non. Un mieux s'étant produit dans son état à la dernière minute, Bergh a décidé d'attendre. Il conserve l'espoir de voir les calculs disparaître par la voie urinaire.

Comme un homme gravement touché, Noël s'éloigna de Belle à pas incertains, alla presser contre les carreaux son front brûlant de fièvre. Ainsi ses craintes vagues de la veille s'étaient réalisées : victime d'un abominable concours de circonstances, il avait tué un innocent.

Qu'importait que Belle redevînt, du même coup, digne de son amour! Devant sa conscience et devant les hommes, il n'était plus qu'un vulgaire criminel à qui il ne restait d'autre ressource que de se tirer une balle dans la tête ou de se livrer à la police.

L'acuité de son désespoir lui inspira une subite révolte. De simples affirmations allaient-elles contre-balancer le témoignage de ses yeux? Allait-il douter, maintenant, d'avoir vu Belle sortir de chez Weyl, contourner la maison, s'enfuir à son appel?

– Quand comptais-tu retourner à Pont-de-l'Ile? interrogea-t-il posément.

– Demain.

– Bon. Je t'accompagnerai.

Bella parut sur le point de protester.

– Comme tu voudras, dit-elle enfin. (Elle ajouta :) Tu vas être obligé de m'emmener au restaurant. Je n'ai pas eu le temps de préparer le déjeuner.

Car il n'y avait pas d'exemple que Belle ne finît

par tirer quelque profit personnel des circonstances les moins propices.

## X

Mme Garsou, blanche et poudrée, avait une distinction naturelle à laquelle elle remédiait innocemment en se vêtant en toute saison de robes de satin noir de coupe hasardeuse. Elle tendit à Noël une joue sèche puis, se renversant sur son siège, l'enveloppa d'un regard soupçonneux, se demandant visiblement quel secret mobile le poussait à lui marquer soudain tant de sollicitude. Les natures défiantes ont de ces intuitions...

Est-il possible, se demanda sottement Noël, qu'elle eût jadis porté des robes blanches, qu'elle se fût promenée, le dimanche, un bras d'homme glissé sous le sien dans la moiteur de l'aisselle, un regard d'homme alternativement posé sur sa nuque et sur sa gorge? Etait-il possible que Belle, un jour...?

Mais oui, il lui était déjà arrivé de découvrir en elle certains signes avant-coureurs : ce besoin qu'elle avait de critiquer ce qui la dépassait, cette fausse compassion que lui inspirait le bonheur d'autrui.

Il dit :

– Vous avez dû passer des moments bien pénibles. J'ai essayé de vous toucher par téléphone, le 4, dans la soirée... sans succès.

Mme Garsou, Noël s'en avisa trop tard, était femme à prendre une telle réflexion pour un reproche. Belle, consciente du danger, s'interposa.

– Noël a absolument tenu à t'apporter des fleurs, dit-elle en dépouillant de sa frêle enveloppe de papier de soie le bouquet qu'elle portait. Des tulipes, ajouta-t-elle vivement, celles que tu préfères. Que dit le Dr Bergh?

Mme Garsou pinça les lèvres. Si elle ne savait pas donner, elle savait encore moins recevoir.

– Il exige que je me repose plusieurs heures par jour, répondit-elle en haussant ses étroites épaules. Mais le moyen de se reposer quand on habite une maison comme celle-ci? Christiane me disait hier encore...

Noël ne résista pas au désir de faire l'étonné :

– Ne pouvez-vous vous décharger sur Rose des soucis du ménage?

L'indignation empourpra les joues de Mme Garsou :

– Voilà bien les hommes!... Rose!... Rose ne sait qu'obéir. Encore suis-je obligée d'exercer sur elle une surveillance de tous les instants. Par exemple, si je n'étais levée depuis 7 heures, je me demande ce que je vous aurais donné tout à l'heure à manger...

A la première occasion, Noël se glissa dans l'office. Il aurait voulu obtenir de la bouche de Rose la confirmation que la vieille servante se trouvait bien seule à la maison dans la soirée du vendredi 4. Hélas! la surdité de son interlocutrice transforma leur conversation en une suite de quiproquos dont il sortit excédé.

Par ailleurs, avoir un entretien particulier avec Mme Garsou ne servirait à rien. Si elle était de connivence avec sa fille, celle-ci avait dû prendre l'élémentaire précaution de lui écrire ou de lui téléphoner pour lui annoncer l'arrivée de Noël. Rien d'impossible, au reste, à ce que Belle, le soir du crime, se fût rendue à Pont-de-l'Ile *après avoir vu Weyl.*

Le déjeuner manqua d'animation. Mme Garsou, quand elle n'attaquait pas son gendre de front, s'enfermait dans un silence réprobateur et Belle, malgré qu'elle en eût, trahissait quelque nervosité.

Noël, qui avait son plan, se leva, sitôt le café bu.

– Je vais acheter des cigarettes... annonça-t-il d'un ton dégagé.

Belle parut avoir à cœur de lui faciliter les choses :

– Profites-en pour te promener une heure... Maman et moi avons à terminer les confitures.

Noël, une fois dehors, eut quelque peine à se souvenir qu'il était un criminel en quête de justification. D'aimables provinciales, sollicitées par un pâle soleil d'arrière-saison, exhibaient une dernière fois organdis et robes à fleurs. Dans le parc, des nurses aux uniformes blanc et bleu lessive suivaient d'un œil distrait les ébats des enfants confiés à leur garde. Sur la grand-place, un marchand de crème glacée avait rangé sa voiture aux champignons de cuivre jaune dans l'ombre de Charles le Téméraire.

Noël commença, comme il l'avait dit, par acheter des cigarettes : des brunes pour lui, des américaines pour Belle. Son cœur, au fur et à mesure qu'il se rapprochait de son objectif, battait plus vite et plus fort...

– Monsieur a rendez-vous? lui demanda l'infirmière qui le reçut dans le frais vestibule de la clinique du Dr Bergh.

Noël secoua la tête :

– Non. Je vous serais néanmoins obligé de passer ma carte au docteur. Il s'agit d'une affaire urgente et je ne suis de passage ici que jusqu'à ce soir.

– Veuillez me suivre..., invita l'infirmière après une brève absence.

Elle introduisit Noël dans une antichambre claire, aux sièges de rotin :

– Le docteur vous prie de patienter dix minutes.

Noël s'approcha de la fenêtre et y demeura un bon moment à regarder dans la rue. « Ainsi, pensa-t-il, je vais savoir... » Savoir s'il avait commis un crime gratuit ? Oui, *cela aussi.*

Il s'assit dans un fauteuil et, pour ne plus penser, tenta de s'intéresser au décor. Aux murs, deux ou trois reproductions lithographiques de toiles célèbres. Des plantes vertes encadraient la porte vitrée derrière laquelle passaient de temps à autre la silhouette rapide d'une infirmière ou celles, hésitantes, de visiteurs venant fleurir un malade. Sur la table, des bulletins du *Touring Club*, de vieux numéros de *L'art et la Médecine* et – Noël s'en assura en faisant s'effondrer la pile du doigt – la dernière livraison d'un magazine suédois, *Vara Nöjen*, échoué là Dieu sait comment.

Il devait exister une autre antichambre – toute pareille, qui sait ? – où Noël n'aurait pas été seul à attendre. Sans doute l'avait-on introduit dans celle-ci afin que le docteur pût l'appeler sans faire de mécontents ?

Une sonnerie assourdie attira soudain son attention. Le téléphone. Elle s'éleva deux fois, trois fois, quatre fois. Le Dr Bergh ne paraissait pas autrement pressé de répondre. Comme elle résonnait pour la cinquième fois, Noël pensa : « C'est Belle ! » Belle qui voulait s'assurer de la complicité du docteur ainsi qu'elle avait dû s'assurer de celle de sa mère : « Mon mari va venir et vous demander... Soyez gentil, dites-lui que... » Car il n'y avait pas de raison que Bergh ne lui eût pas fait un peu la cour, comme tant d'autres.

Le docteur s'était enfin décidé à répondre. Noël se leva et, sur la pointe des pieds, se rapprocha de la porte du cabinet dans l'espoir de surprendre un mot ou une bribe de phrase. En vain. Il ne perçut qu'un bourdonnement entrecoupé de pauses plus ou moins longues. « C'est Belle! », se répéta-t-il, déjà un peu moins convaincu et conscient de s'être laissé entraîner une fois de plus par son imagination. Belle, en effet, si elle avait voulu prévenir le docteur, n'eût certainement pas attendu la dernière minute. Cette satisfaction accordée à sa raison, il ne s'en sentit pas moins une furieuse envie de pousser la porte matelassée du cabinet et, quand le docteur la lui ouvrit enfin, cinq minutes plus tard, il ne put se défendre contre l'impression d'affronter un homme prévenu.

– Monsieur Martin? fit rondement le Dr Bergh. Enchanté de faire votre connaissance. Mme Garsou m'a souvent parlé de vous. Asseyez-vous, je vous prie...

Noël attira à lui le siège qu'on lui désignait :

– J'ai conscience de vous avoir forcé la main, docteur, mais vous me pardonnerez en considération du motif qui m'amène. L'état de santé de ma belle-mère nous inspire depuis quelque temps, à ma femme et à moi, de sérieuses inquiétudes. Répondez-moi franchement, brutalement si nécessaire... Celles-ci sont-elles fondées?

Le Dr Bergh était un gros homme au teint fleuri et aux yeux bleu clair dont l'optimisme devait offenser jusqu'aux moribonds.

– En aucune façon, monsieur Martin! répondit-il d'une voix sonore en se carrant dans son fauteuil. Mme Garsou jouit d'une constitution admirable et vous pouvez espérer la chérir de longues années encore.

Aucune ironie dans le ton, mais les yeux bleus pétillaient de malice.

Le cœur de Noël battit plus fort. Jusqu'ici les répliques échangées n'avaient en rien trahi leurs auteurs.

– Vous avez tout de même jugé son état assez

grave, vendredi dernier, pour envisager une intervention chirurgicale immédiate?

Ce disant, Noël regardait son interlocuteur avec une attention soutenue car, de sa réponse...

Le Dr Bergh pesa ses mots :

– Le transport d'une malade dans une clinique n'implique pas nécessairement l'idée d'intervention. Il ne s'agit souvent là que d'une mesure préventive dont l'efficacité a fait ses preuves dans bien des cas.

Encore une réponse peu compromettante! On aurait dit que le Dr Bergh s'efforçait de maintenir la conversation sur un plan général. Noël résolut de l'obliger à se découvrir :

– Si j'ai bien compris, ma belle-mère fut prise d'une première crise après le déjeuner?

Le docteur inclina la tête. Sa bonne humeur paraissait l'avoir abandonné.

– Oui, dit-il avec une brièveté inattendue. Et d'une seconde, plus longue et plus violente, une heure après son arrivée ici.

– En dépit de quoi, vous avez estimé préférable de surseoir à l'opération?

Le docteur croisa, puis décroisa les jambes :

– Mme Garsou m'avait dit avoir souffert d'accès analogues aux environs de sa trentième année. Elle était alors entrée dans le coma après la neuvième crise et, par suite du relâchement des tissus, alors même qu'elle se trouvait sur la table d'opération, le calcul, gros comme une noisette, avait été évacué par l'urètre...

Une pause :

– Ce qui s'était produit pouvait se reproduire encore.

– Ma femme, je suppose, aura insisté pour que l'opération fût retardée?

– Elle n'a pas eu besoin d'insister. Je n'ai recours au scalpel qu'en toute dernière extrémité.

Noël sentit le sang se retirer lentement de ses joues. Chacune des précisions du docteur lui portait un nouveau coup, plus cruel que le précédent.

– Vous... Vous ne croyez pas au retour des crises? interrogea-t-il pour dire quelque chose.

– Ma foi, non. Les calculs rénaux sont généralement solitaires et, Dieu merci, mettent des années à se former.

– Peut-être qu'une radiographie...?

– J'y ai pensé.

Il aurait été malséant – et inutile – d'insister.

Noël n'avait-il pas, du reste, appris tout ce qu'il voulait savoir? Pouvait-il désormais conserver le moindre doute sur la présence de Belle au chevet de sa mère, le soir du crime?

Il se leva, balbutia quelques mots de remerciement et franchit la porte du cabinet comme dans un rêve. Chose étrange, il ne s'adressait pas de reproches, il ne se faisait pas horreur. Pas encore. En revanche, il se demandait comment il oserait reparaître devant Belle, maintenant que...?

Sous couleur de renouer un lacet défait, il s'arrêta pour réfléchir. L'étourdissement provoqué par les explications du docteur se dissipait, le doute commençait à l'habiter. Quelle preuve avait-il, après tout, que Bergh lui eût dit la vérité? Aucune! Son attitude embarrassée autorisait, au contraire, tous les soupçons.

Noël atteignait le hall d'entrée. Avisant une infirmière qui venait à sa rencontre, il l'aborda sans hésiter :

– Je vous demande pardon, mademoiselle... Je voudrais consulter le registre des entrées...

L'infirmière avait passé l'âge où l'on a souci de plaire. Sans ralentir le pas, elle contourna Noël comme un obstacle :

– Adressez-vous au secrétariat... La première porte à droite...

Le secrétariat était une pièce tout en profondeur, séparée du hall d'entrée par une simple cloison vitrée dans sa partie supérieure. Un petit monsieur à la tête bandée y comptait laborieusement des billets et des pièces de monnaie en se reportant sans cesse à une note qu'il avait sous les yeux tandis que, à quelques pas, un couple en deuil était plongé dans une conversation animée avec une infirmière-chef à la tournure hommasse.

Noël attendit que le petit monsieur eût réglé ses frais d'hospitalisation pour formuler sa requête.

– Je me dispose à acquitter une note pour une proche parente, ajouta-t-il, mais je souhaiterais auparavant vérifier la date de son entrée ici.

La secrétaire, qui avait commencé par marquer quelque étonnement, se rasséréna :

– Je vois... A quand remonte cette entrée?

– Au vendredi 4.

– Et le nom de votre parente est...?

– Garsou... G-a-r-s-o-u.

La secrétaire – une pâle jeune fille au chignon de lin – se détourna, prit un volumineux registre sur une table, le plaça entre elle et Noël et entreprit d'en feuilleter avec application les dernières pages.

– L'hospitalisation de Mme Garsou remonte-t-elle au vendredi matin ou au vendredi soir? interrogea-t-elle enfin, après avoir visiblement échoué dans ses recherches.

– Au vendredi soir...

– En ce cas son nom doit figurer dans le nouveau registre... Un instant, je vous prie.

Noël bouillait d'impatience. Il s'écarta de quelques pas et alluma une cigarette. Au même moment, une silhouette vaguement familière traversa le hall d'entrée. C'était le Dr Bergh en pardessus et le chapeau sur la tête. Noël se détourna vivement pour n'être pas reconnu, mais le docteur poussait déjà la porte du secrétariat.

– Toujours là, monsieur Martin? interrogea-t-il d'un ton dont la jovialité se teintait d'étonnement.

– Comme vous voyez..., balbutia Noël, pris de court.

– Voulez-vous profiter de ma voiture? Je vous déposerai rue du Mail.

Refuser était difficile. Noël le tenta pourtant :

– Je vous suis très obligé, docteur. Mais cela vous retarderait certainement.

Réponse maladroite qu'il regretta aussitôt. Mieux eût valu prétendre être appelé par un rendez-vous dans un autre quartier.

– Du tout, du tout! repartit le docteur. Je vais voir un malade qui habite à trois cents mètres de chez Mme Garsou. Venez.

Il n'y avait plus qu'à céder. « Monsieur! » appela la secrétaire comme Noël quittait la place, mais il fit la sourde oreille. Retourner sur ses pas, c'eût été avouer implicitement au docteur qu'il avait mis sa parole en doute et cherché une confirmation de la présence de sa belle-mère à la clinique le vendredi précédent.

Dans la voiture qui les emportait, le Dr Bergh s'informa aimablement de ses travaux, de ses projets. Comptait-il bientôt exposer? Et comment allait Mme Martin? Etait-elle toujours aussi ravissante?

Noël s'efforçait de répondre congrûment. En réalité, il ne pensait qu'à une chose... A supposer que le docteur lui eût dit la vérité, n'aurait-il pas été plus surpris qu'il ne l'avait paru de trouver Noël au secrétariat? En tout état de cause, c'était un hasard bien étrange qui l'avait fait quitter son cabinet sur les pas de son client. Se fût-il méfié de lui et eût-il voulu l'empêcher de se renseigner qu'il n'eût pas agi autrement.

– Vous voudrez bien présenter mes hommages à Mme Martin.

– Certainement... Au revoir, docteur, et merci!

Un rayon de soleil, en se retirant, incendiait le bout de la rue. Noël pressa le pas pour le rattraper, puis, se laissant guider par lui, se dirigea lentement vers le parc. Son trouble était tel qu'il sentait le besoin impérieux de faire le point avant de se retrouver en présence de Belle.

Sans doute aurait-il pu retourner sur ses pas et réinterroger la secrétaire. Mais il n'y pensa pas. Si Bergh avait effectivement consenti à mentir sur les instances de Belle, la jeune fille, à l'heure qu'il était, devait avoir reçu des instructions.

L'image du docteur téléphonant d'une cabine publique pour prier son personnel d'altérer la vérité amena sur les lèvres de Noël un sourire furtif. Maintenant que son excitation était tombée et qu'il ne subissait plus l'atmosphère déprimante de la clinique, il envisageait les choses sous un autre aspect. Belle n'avait pu prévoir qu'il rendrait visite au docteur. Celui-ci, même s'il souhaitait s'attirer les bonnes grâces de « la ravissante Mme Martin », n'en eût probablement pas moins reculé devant un mensonge engageant son honneur professionnel. Enfin la secrétaire n'aurait sans doute pas rappelé Noël, quand il quittait la pièce, si elle n'eût à ce moment trouvé le renseignement demandé.

Noël s'assit sur un banc. La conviction nouvelle à laquelle il venait d'aboutir aurait dû normalement le désespérer. Au lieu de cela, il éprouvait un soulagement confus car il pouvait à nouveau songer à Belle comme à la Belle de jadis, celle qui disait : « Le jour que je ne t'aimerai plus, si tu ne le sens pas, je te le dirai... »

Une dernière objection se présenta à son esprit... Belle, il s'en souvenait parfaitement, avait dit au commissaire avoir passé la soirée du 4 *au chevet de sa mère* sans donner d'autre précision : un docteur peut en effet pousser la complaisance jusqu'à sauver la réputation d'une de ses jolies clientes par un mensonge pieux et, une fois interrogé par la police, tenir un tout autre langage... Mais il repoussa ce soupçon comme les autres, le mettant sur le compte de cette terrible imagination qui se faisait tantôt sa plus fidèle alliée et tantôt sa plus mauvaise conseillère.

Un couple de jeunes gens tendrement enlacés qui rôdait depuis un bon moment aux environs, se dirigeait vers « son » banc. Il se leva et, les mains dans les poches, voûté par le poids de ses pensées, reprit le chemin de la rue du Mail.

Il retrouva une maison embaumée par le parfum des confitures et cela acheva de dissiper ses derniers doutes.

Comment se représenter Belle penchée sur des bassines de cuivre rouge si on lui avait tué son amant?...

## XI

– Je t'ai acheté des « américaines », dit timidement Noël à Belle, dans le train qui les emportait sans hâte vers la capitale.

Belle le remercia d'un battement de cils et tendit la main. En retirant la sienne, Noël frôla volontairement son genou et fut, comme toujours, ému par sa ferme rondeur.

Belle avait éventré d'un coup d'ongle le paquet offert et pris une cigarette.

– Je suis content que ta mère soit sauvée, dit encore Noël, à mi-voix. (Il ajouta, presque malgré lui :) J'ai été voir le Dr Bergh. Il m'a entièrement rassuré.

Belle alluma sa cigarette à la flamme de son briquet.

– Ah! dit-elle.

Elle s'enveloppa d'un écran de fumée :

– Tu as été voir Bergh?

Aucune inquiétude dans sa voix. Un soupçon d'intérêt, seulement, mêlé d'étonnement :

– Quand?

– Cet après-midi. Je te sentais inquiète et... et j'ai pensé qu'il ne me cacherait pas la vérité, à moi.

– Que t'a-t-il dit?

– Rien de spécial. Il a prétendu que ta mère était faite pour vivre centenaire et m'a prié de présenter ses hommages à « la ravissante Mme Martin ».

– Je l'ai toujours soupçonné d'éprouver pour moi un certain penchant, dit Belle.

– Quoi, lui aussi?...

Belle ouvrit de grands yeux :

– *Aussi*, que veux-tu dire?

Elle le demandait! Mieux, elle s'étonnait, alors que le chef de train lui avait galamment ouvert la portière et que les deux voyageurs, assis à l'autre bout du compartiment, ne cessaient, depuis Pont-de-l'Ile, de l'envelopper de regards insistants.

Noël se rejeta sur sa banquette. Tant de sentiments contradictoires l'animaient qu'il se sentait incapable de lire en lui; de lire en Belle, surtout. Par moments, à la voir si sereine, si pareille à la Belle de jadis, il aurait juré de son innocence. A d'autres, Mme Garsou, le Dr Bergh, Rose même, lui semblaient faire partie d'une vaste conspiration destinée à l'abuser.

– Tiens! dit Belle comme ils atteignaient la cour. Quelqu'un est venu et nous a attendus...

Une quantité de bouts de cigarettes éparpillés

sous l'escalier donnait en effet à penser qu'un visiteur s'était assis là et avait fumé en les attendant.

« Le commissaire! » Telle fut la première pensée qui vint à Noël. Mais, comme il poussait la porte de l'atelier, un bout de papier chiffonné qui traînait sur le sol attira son attention. Il le ramassa et y lut ce simple nom, griffonné au crayon : *Klein.*

– Je me demande ce qu'il nous voulait..., dit-il. Pour nous avoir attendus aussi longtemps, c'est qu'il avait sûrement besoin d'argent.

Klein, bohème famélique et talentueux (« génial », prétendait Noël), leur tombait sur les bras une fois toutes les trois semaines environ, vidait à lui seul une bouteille d'alcool, les tapait d'un louis ou deux, puis partait en titubant un peu dans la nuit noire, vers la mansarde où l'attendait une malheureuse gamine épousée l'été précédent.

Belle avait jeté son chapeau sur un fauteuil, ôté son manteau.

– Je t'aide? proposa mollement Noël.

Accroupie devant l'appareil de radio, elle dédaigna de répondre, se releva, disparut dans la cuisine. A la façon dont elle dressa le couvert, il sut qu'elle luttait contre ses nerfs.

– Prends plutôt Droitwich! lui cria-t-elle au bout d'un moment.

Droitwich émettait un concert d'orgues et Londres, des informations.

– Essaie Falkirk...

« C'est bien cela! pensa amèrement Noël. Le silence lui fait peur... »

Ils eurent dîné en moins d'un quart d'heure sans s'être dit plus de dix mots.

Elle quitta la table la première.

– Tu ne travailles pas? demanda-t-elle.

Il se leva à son tour. Elle était tout contre lui, la

taille encore prise dans le petit tablier blanc qu'elle avait ceint en rentrant.

– Non, dit Noël.

Ses mains, sans qu'il le voulût, s'étaient égarées sur elle, l'attiraient à lui :

– Je me demande... On dirait que tu m'aimes moins...

Pauvres mots que ceux-là, combien impuissants à trahir son tourment intérieur! Répugnant à étaler son désarroi, il les avait cependant délibérément choisis.

Belle tenta de se dégager.

– Non..., dit-elle. Pas maintenant.

Il insista :

– Pourquoi?

Depuis qu'il sentait son crime lui échapper, il n'éprouvait plus que le désir d'être consolé, d'oublier le passé, fût-ce une heure. Belle n'avait pas dû le tromper. L'aurait-elle fait, d'ailleurs, qu'il n'eût pas eu moins besoin d'elle. Comme si on aimait les êtres pour ce qu'ils nous donnent, pour ce qu'ils font ou ne font pas! On les aime pour ce qu'ils sont.

– Belle, mon chéri...

– Tu me fais mal! gémit-elle soudain.

Et c'était vrai que ses doigts s'étaient, malgré lui, profondément enfoncés dans sa chair. Il les en détacha à regret, couvrit de baisers ses épaules meurtries.

– La porte n'est même pas fermée! souffla-t-elle dans un réflexe d'ultime défense.

La nuit se pressait aux carreaux embués de la porte-fenêtre, le poêle brûlait à petit bruit, il y avait, dans l'atelier, de grandes taches d'ombre et de lumière...

Ils n'avaient pas froid, pas encore. Leurs membres confondus s'épousaient sans effort. Ils se sentaient légers, légers, comme dépouillés de leur enveloppe charnelle, et sans pensées.

Noël remonta le premier de ce puits sans fond. Il s'appuya sur un coude et regarda Belle, ses yeux fermés, sa poitrine que soulevait un souffle égal, ses cheveux épars sur l'oreiller. Elle avait les lèvres un peu gonflées, les pommettes roses.

A l'autre bout du monde, un orchestre cubain jouait tout exprès pour eux, en sourdine.

Noël se réveillait d'un songe trop court. Il avait l'impression d'avoir joui d'un bonheur volé, de s'être rendu coupable de la plus abominable des tromperies. Son secret l'étouffait.

Il interrogea, et sa voix était rauque, pleine d'une subite angoisse :

– Heureuse?

Belle parut d'abord n'avoir pas entendu. Puis elle inclina lentement la tête, sans rien dire, les yeux toujours fermés, comme une petite fille qui a l'habitude de répondre sérieusement aux questions les plus incongrues.

Noël insista avec une maladresse dont il souffrit le tout premier :

– Tu m'aimes?

– Oui, répondit, à nouveau, par signe, Belle, cramponnée à son rêve.

– M'aimerais-tu encore si...

Une pause, l'imperceptible pause qui précède les mots définitifs .

– ... si j'avais tué un homme?...

Belle avait déjà commencé d'incliner machinalement la tête. Elle ouvrit enfin les yeux, tout grands, et enveloppa Noël d'un regard où la surprise le disputait à l'incrédulité :

– Tu as tué un homme?...

La question avait jailli si spontanément, si innocemment, que Noël dut se faire violence pour ne pas répondre avec le même naturel, la même facilité : « Oui, ton amant. »

Peut-être l'aurait-il d'ailleurs fait si un léger tremblement, provenant du dehors, ne se fût communiqué au plancher.

Noël, se détournant, écouta.

– Quelqu'un monte..., souffla Belle.

Il inclina la tête :

– Sauve-toi!

Elle s'était déjà laissée glisser du lit. Elle rafla sa jupe et ses bas, s'enfuit derrière le paravent.

Noël lui-même n'avait pas fini de défriper son costume que le bouton de la porte se mettait à tourner, obéissant à une pression extérieure.

## XII

C'était Klein, mais si défait, si changé, que Noël fut un moment avant de le reconnaître.

Une barbe de plusieurs jours salissait son visage blême. Il avait les yeux rougis par les veilles ou les larmes. Un bout de cigarette collait à ses lèvres fendillées par la fièvre. Des cheveux blancs striaient ses tempes, le vieillissant prématurément.

Il fit deux ou trois pas incertains dans l'atelier, battant des paupières comme un oiseau de nuit surpris par la lumière. Et quand, enfin, son regard découvrit Noël, il ne sourit pas.

– Tu n'aurais pas un peu d'alcool? demanda-t-il d'une voix rauque, rouillée par un trop long silence.

– Je crois que si, dit Noël. Assieds-toi, mon vieux. Qu'est-ce qui ne va pas?

Il avait ouvert un buffet et en avait retiré une bouteille de fine champagne entamée. Klein s'en empara d'autorité et il aurait sans doute bu au goulot si Noël ne lui eût tendu un verre.

– Tu n'as pas une cigarette?

Noël alla à sa poche et posa sur sa table le paquet acheté dans l'après-midi.

– Je suis déjà venu deux fois, dit Klein, et ces mots, dans sa bouche, prenaient l'allure d'un reproche. La première fois à 3 heures. La deuxième, vers 7 heures.

– Mme Elias ne t'a pas dit que nous étions à Pont-de-l'Ile?

– Si...

Si, mais il avait attendu tout de même!

Klein avait vidé son verre d'un trait. Une toux brève le secoua, mais, déjà, il avait repris la bouteille.

– Tu as dîné? questionna Noël.

– Dîné?

Le mot, visiblement, n'avait aucun sens pour Klein. Il se leva et se mit à aller et venir dans l'atelier, promenant sur les meubles et les toiles un regard vide.

Noël le considéra avec étonnement mêlé d'inquiétude. Sans doute Klein avait-il toujours été un peu bizarre. Sans doute s'enfermait-il, la plupart du temps, dans des silences inexpugnables. Il n'en restait pas moins que Noël ne l'avait jamais vu sous un tel jour, le regard flottant, le geste mal assuré, pareil à sa propre ombre.

– Tu as encore mon « Jardin de curé »? demanda soudain Klein comme il aurait dit autre chose, sans chaleur, machinalement.

– Naturellement. Pourquoi?

– Je voudrais l'emporter.

Il ne priait pas. Il exigeait. Cependant, Noël avait normalement acheté cette toile, un jour que Klein ne savait comment payer son loyer.

– Je vais te la donner, dit-il.

Klein ne bougea pas d'une ligne. Mais, planté au beau milieu de la pièce, il suivait des yeux les moindres gestes de Noël.

Celui-ci déplaça quelques châssis et mit à jour la toile demandée :

– La voici.

Klein la prit et la regarda longuement, sous toutes ses faces, comme s'il ne l'avait jamais vue encore, comme si c'eût été la toile d'un autre. Il passa la main sur le vernis, gratta une aspérité du bout de l'ongle. Enfin, la glissant sous son veston, il se dirigea vers la porte.

Sur le point de l'ouvrir, il parut se rappeler quelque chose.

– Merci, dit-il enfin. (Il hésita :) Claire l'aimait bien.

– L'aimait? répéta Noël.

Et, du coup, il comprit tout. La dernière fois qu'il avait vu Klein, sa femme, arrivée au terme d'une grossesse difficile, venait d'être emmenée d'urgence à l'hôpital.

– Claire? interrogea-t-il, et, malgré lui, sa voix trembla au souvenir du pauvre petit visage évoqué, si pâle, si menu dans l'encadrement de ses cheveux d'un noir bleu.

Klein inclina la tête.

– Morte? dit encore Noël.

– Oui, dit Klein. L'enfant aussi.

C'était si simple et si pathétique à la fois que Noël ne trouva aucun des mots qu'il eût fallu. Klein, d'ailleurs, n'attendait plus rien.

– Tu... Tu n'as plus de fine? demanda-t-il.

Noël, désolé, eut un geste d'impuissance.

– Au revoir, dit Klein. (Il ajouta machinalement :) A bientôt.

Après son départ. Belle reparut en peignoir.

– Tu as entendu? demanda Noël.

Elle fit signe que oui, vint à lui et, pour la première fois depuis une semaine, l'embrassa tendrement.

## XIII

Le lendemain, Noël sortait de chez lui et remontait la rue quand une main se posa sur son épaule :

– Bonjour, monsieur Martin.

Noël ne put s'empêcher de sursauter.

– Oh! bonjour, commissaire! répondit-il en reconnaissant son interlocuteur. Vous alliez chez moi?

– Non, je passais... Vous descendez en ville?

– Oui.

– Bon. Je vous accompagne jusqu'au premier arrêt de tramway.

« Je passais... », avait dit le commissaire. Mais Noël n'en crut rien. Il savait bien que la rue du Bief n'était pas une rue que l'on prît au hasard, c'était un chemin détourné hanté par des silhouettes familières, une thébaïde que l'on quitte et que l'on retrouve.

Du coin de l'œil, il observa le commissaire. Un peu essouflé, – avait-il précipité sa marche pour rattraper Noël? – le gros homme avait ôté son chapeau melon et s'essuyait le front à l'aide d'un mouchoir d'indienne.

– Savez-vous bien, dit-il tout à coup, que nous avons cru, hier, tenir l'assassin?

– Non? dit Noël, et il ne put réprimer un sourire en constatant qu'il venait d'user du mot favori de son interlocuteur.

Le commissaire – soit qu'il voulût s'assurer que Noël ne se moquait pas de lui, soit qu'il tînt à observer ses réactions – lui jeta un regard en dessous.

– Des faïences Ming – vous l'avez appris peut-être – avaient disparu des vitrines le soir du crime. Nous les avons retrouvées chez le secrétaire de la victime, Abdon Chambre. Or, du vol au meurtre...

L'indignation, chez Noël, l'emporta sur l'étonnement. Sans doute Chambre lui avait-il toujours inspiré une nette antipathie. Mais de là à se le représenter entrant de nuit chez l'homme dont il convoitait la fille et profitant de sa mort pour faire main basse sur des objets de valeur...

– Vous l'avez arrêté? demanda-t-il.

Le commissaire soupira :

– Je l'aurais bien voulu! Heureusement pour cet intéressant jeune homme, Mlle Weyl a témoigné en sa faveur. Elle a prétendu avoir poussé son père à faire cadeau des faïences à Abdon pour reconnaître son dévouement. Un petit à valoir sur la dot, en somme... (Le commissaire avait remis son mouchoir dans sa poche :) Notez qu'il n'y a pas que ces faïences qui aient disparu... Un autre vol a été commis, dont nous ne savons trop que penser...

Il attendait visiblement une question qui ne vint pas. Noël paraissait penser à autre chose. En réalité, depuis que son crime avait perdu toute signification à ses yeux, il lui semblait, chose étrange, n'en être plus l'auteur.

– Au début, je croyais me trouver en présence d'un crime passionnel. Je n'en jurerais plus, maintenant...

Il n'en était pas moins inattendu que le commissaire Maria, si fermé lors de leurs premières entrevues, le prît soudain pour un confident. Le gros homme aurait cherché à étudier ses réflexes qu'il n'eût pas agi autrement.

Noël entra dans le jeu :

– Pourquoi avez-vous d'abord cru à un crime passionnel?

– Weyl ne passait pas précisément pour un ascète, non? Sa tenue négligée n'était pas celles dans lesquelles on reçoit un visiteur ordinaire. Il y avait, sur la table, un en-cas et du champagne, compléments habituels d'un galant rendez-vous. Vous savez que nous avons retrouvé sur les lieux du crime un mouchoir de batiste parfumé. Enfin un cheveu de femme adhérait au revers de la robe de chambre portée par la victime.

– De quelle nuance? ne put s'empêcher de demander Noël.

– Châtain clair.

– Ce n'est pas très compromettant! railla Noël.

Toutes les femmes qu'il connaissait, ou presque, avaient en effet les cheveux châtains : Belle, Renée, Judith, Joan, d'autres encore...

– Plus que vous ne croyez! repartit le commissaire. Nos services d'analyse sont aujourd'hui en mesure de définir si exactement la nature et la composition d'un cheveu qu'on ne saurait confondre deux spécimens, fussent-ils de même teinte.

– Ah! dit Noël.

Et, du coup, la perception du danger lui revint, précise. Que l'on comparât ce cheveu à ceux de Belle et l'on saurait qui était la femme reçue par Weyl, peu avant sa mort. Or, découvir la femme, c'était automatiquement le découvrir, lui...

Puis il se rassura, ou tenta de se rassurer : Belle n'avait pu se trouver à la fois chez Weyl et au chevet de sa mère malade. Il l'oubliait toujours!

– Rien ne prouve, dit-il enfin pour soutenir la discussion, que ce cheveu ait appartenu à l'inconnue que vous recherchez. Il pouvait adhérer à la robe de chambre depuis longtemps, s'y être collé lors d'un précédent rendez-vous avec une autre conquête...

– Sans doute! dit le commissaire sans conviction. Mais Weyl avait beau être à sa façon une sorte de don Juan, nous aurons vite fait le tour de ses relations féminines.

L'arrêt du tramway était dépassé depuis longtemps, mais Noël ne songeait plus à quitter le commissaire. Il n'aurait pu trouver meilleure occasion de le faire parler.

– Pourquoi vous êtes-vous pris dès lors à douter qu'il s'agît d'un crime passionnel?

Le commissaire hésita, ou parut hésiter à répondre. Il avançait à pas lourds, les yeux fixés au sol, les mains profondément enfouies dans les vastes poches de son raglan.

– A cause de ce vol..., dit-il enfin.

Mais l'on sentait que cette réponse était définitive à ses yeux, qu'il se ferait hacher menu plutôt que d'ajouter un mot.

Ils firent encore quelques pas en silence. Peu à peu, Noël recouvrait sa méfiance première à l'égard de son compagnon et, par voie de conséquence, plus de lucidité.

– A propos, fit soudain le commissaire, le soir que vous êtes allé à *L'Empire*, vous n'avez rien perdu du spectacle, non?

– Non, dit Noël.

Il n'y avait – pensa-t-il après coup – aucun mal à le prétendre.

– Vous ne m'avez parlé que du grand film. J'imagine qu'on a dû projeter des actualités?

Cette fois Noël se sentit nettement en danger, sans pouvoir déterminer la nature de ce danger.

– Oui, dit-il, et un film de complément.

– Ah! Vous ne vous en souvenez pas, non?

Noël se reporta en pensée au soir où il était allé à *L'Empire* avec Belle.

– Si, dit-il enfin. Il s'agissait, si je ne me trompe, d'un film documentaire en couleurs sur les îles de la Société.

– D'aimables jeunes femmes dansant la « upa-upa » en jupons de raphia, hé? et se baignant au clair de lune?

– C'est cela, dit Noël, soulagé d'avoir pu préciser ses souvenirs.

– Eh bien..., commença le commissaire. (Il s'interrompit :) Excusez-moi, monsieur Martin! Voici mon tramway. Je n'ai que le temps de le rattraper... Au revoir!

Le spectacle du commissaire Maria courant après le tramway était hautement comique. Noël, cependant, tout en en enregistrant machinalement la drôlerie, ne sourit pas. Il éprouvait une curieuse sensation de déséquilibre comme s'il avait échangé avec le commissaire des répliques dont le sens réel lui échappait, comme si, sans s'en apercevoir, il avait donné tête baissé dans un piège.

En rentrant chez lui, il se heurta à Mme Elias qui balayait la cour.

– Ah! monsieur Martin! dit la bonne femme. J'ai quelque chose pour vous.

– Vraiment? fit Noël, distrait.

– Un papier... Un papier officiel apporté par un agent de police... Je vais vous le chercher!

Noël sentit le sang se retirer de ses joues. Il pensa : « Une convocation à comparaître devant le juge d'instruction! » Puis, tout de suite après : « Non, le commissaire y aurait fait allusion... »

Mme Elias revenait, brandissant un imprimé :

– Excusez-moi, monsieur Martin! Je l'ai depuis deux jours... mais avec ma pauvre tête...

Noël s'en saisit avidement, fit sauter la bande de sûreté qui le maintenait plié en deux, l'ouvrit.

– Rien de fâcheux? s'informa cordialement Mme Elias.

Elle aussi pensait au crime de la rue Sémiramis, à toutes ces questions que lui avait posées le commissaire Maria.

– Non, non, dit Noël. (Il eut un petit rire nerveux :) Au contraire!

– Au contraire? s'étonna Mme Elias pour qui rien de bon ne pouvait venir d'un agent de police.

Mais Noël s'éloignait déjà, montait d'un pied alerte les degrés de fer conduisant à l'atelier.

« Vous êtes prié, disait le formulaire, de vous présenter à la *nième* division de police, place du Jeudi, le 17 entre 10 et 11 heures, ou le 18, entre 14 et 16 heures, pour y être entendu. »

Une main appliquée avait ajouté cette précision à l'encre : *Affaire de roulage.*

Belle rentra plus tard que d'habitude, c'est-à-dire avec un retard plus prononcé. Noël, en sortant de la cuisine où il avait été jeter un coup d'œil à l'unique pendule de la maison, l'aperçut soudain, derrière la porte vitrée, en compagnie d'un grand homme maigre qui lui baisait la main.

– Qu'est-ce que c'est que ce type-là? lui lança-t-il, hargneux, à peine fut-elle entrée. Nous étions pourtant convenus que tes admirateurs te feraient leurs adieux au pied de l'escalier!

Belle haussa les épaules :

– C'était Fernand...

– Fernand?

– L'ami de Flore. Je l'ai rencontré par hasard dans le tramway.

Voilà. C'était, une fois de plus, tout simple. Noël aurait-il insisté que, mimant l'irritation et le découragement, elle se fût écriée : « Tu ne vas pas recommencer?... »

Elle s'était dirigée vers la glace. Elle se retourna, son chapeau à la main, et questionna :

– Tu ne remarques rien?

– Non, dit-il en la regardant de mauvaise grâce. Ou, plutôt...

Les mots s'étranglèrent dans sa gorge :

– Pourquoi as-tu fait cela?

Belle secoua ses cheveux fraîchement décolorés.

– Ne suis-je pas plus jolie ainsi? dit-elle.

De fait, elle l'était davantage.

## XIV

Avant la mort de Weyl, il était rare que Noël, absorbé par son travail ou par ses pensées, prêtât la moindre attention au bruit des pas qui venaient à faire trembler les marches de l'escalier extérieur. Les visiteurs apparaissaient soudain derrière la porte vitrée, comme pourvus d'échasses ou comme tombés du ciel, et il n'y avait plus qu'à les faire entrer en grimançant un sourire, quelque importune que fût parfois leur venue.

Maintenant il en allait tout autrement. Noël les entendait s'avancer dans la cour, parfois même pousser la porte d'entrée qui n'était jamais close qu'au loquet. Et, quand les marches de fer commençaient de grincer sour leurs semelles, il lui prenait des envies de s'enfuir à l'autre bout de l'appartement, de s'enfermer à double tour dans la cuisine ou dans la salle de bain... Bien sûr, il y avait des pas qu'il reconnaissait immédiatement. Ceux – décidés – de Belle, ceux – traînants – de Mme Elias, ceux de certains fournisseurs qu'accompagnait parfois un bruit de cruches ou de bouteilles s'entrechoquant. Certains familiers s'annonçaient en sifflant. D'autres lançaient un cri d'appel.

N'importe! Noël n'en éprouvait pas moins, chaque fois, une nouvelle émotion et quand, cette fin d'après-midi-là, Klein poussa la porte de l'atelier, il lui en voulut obscurément de l'inquiétude où l'avait plongé le bruit de son approche.

– Bonsoir, dit Kein. Je passais... Alors...

Il passait! Tout comme le commissaire. Mais il ne mentait pas mieux.

– Assieds-toi, dit Noël d'un ton qu'il voulait cordial. (Dans le fond, il était affreusement embarrassé :) Tu... tu dîneras bien avec nous?

Klein, comme l'avant-veille, avait le teint gris, les yeux rouges. Cependant, son attitude n'était plus tout à fait la même. On le sentait moins insensible, moins imperméable aux sensations. Ses nerfs, mal contrôlés, le faisaient tiquer de la paupière droite. Par moments il tournait brusquement la tête, comme à un bruit imperceptible pour tout autre que lui. Et quand il s'assit, il poussa du pied son siège, de manière à voir la porte.

– Oui, répondit-il enfin. Du moins, si... si cela n'ennuie pas ta femme... (Il ajouta sans transition :) On me soupçonne d'avoir fait son affaire à cette crapule de Weyl.

Noël entendit distinctement un camion attelé descendre la rue. Les sabots des chevaux glissaient sur les pavés. Puis une cloche tinta, étouffée dans l'âme du pensionnat tout proche.

– Ce... C'est impossible! bredouilla-t-il, s'insurgeant d'instinct contre ce nouveau coup du sort.

Klein avait tiré de sa poche un paquet de cigarettes tout fripé. Il commença d'en déchirer l'enveloppe en menus morceaux. Et, tout le temps qu'il parla, Noël, qui souffrait du désordre comme d'un malaise physique, ne regarda plus, malgré lui, que les fragments de papier tombant un à un sur le tapis.

– Vois-tu, dit Klein d'une voix neutre, dénuée d'expression, quand je fus familiarisé avec la mort de Claire et du gosse, quand leur évidence m'apparut, je n'eus plus qu'une envie, qu'une hâte plutôt... Explique ça comme tu pourras... Réunir, rassembler les toiles qu'elle aimait, celles qu'elle m'avait inspirées surtout, afin, je suppose, de disputer son visage à l'oubli, d'enrayer cette ultime dispersion qui est la vraie victoire de la mort. C'était le surlendemain de... de la chose. Je me rendis chez Weyl. « La Vierge aux Chardons » – tu sais bien, cette grande toile pour laquelle Claire avait posé, avant notre mariage – trônait dans son cabinet de travail, au-dessus de la cheminée. Il me l'avait achetée pour trois cents francs, un jour que nous ne savions quoi bouffer... Je lui demandai de me la rendre. Je lui proposai de la lui racheter au prix qu'il l'avait payée, – une fortune pour moi! – lui dis que j'étais même prêt, s'il m'en laissait le temps, à lui donner davantage...

Klein mâchait le bout d'une cigarettte qu'il ne songeait pas à allumer :

– Tu as bien connu Weyl?... Dans ces moments-là on croyait affronter un bouddha, une sorte de monstre gavé vous dominant de toute la puissance de son argent, une manière de robot au mécanisme secret... Je lui révélai, quoi qu'il m'en coûtât, la véritable raison de ma démarche... Il m'écoutait sans m'interrompre, les yeux mi-clos, ses gros doigts courts, qu'il avait l'habitude de croiser et d'entrecroiser sans cesse, immobiles pour un moment, comme morts... Un confesseur, un juge, ou mieux, un gros matou alléché...

« C'est cela! C'est exactement cela! » pensa Noël. Weyl ressuscitait enfin à ses yeux. Avec sa fausse bonhomie de curé défroqué, sa peau lâche, trop blanche.

– L'espace d'un instant, je crus l'avoir amené à composition. Prête-t-on une attention soutenue aux gens que l'on médite d'éconduire?... Mais, quand je me tus, il demeura silencieux et impassible, comme attendant, espérant une suite, que j'en remette, que je fasse une nouvelle pirouette. Le silence devenait insupportable, il rouvrit des yeux vaguement étonnés et ses pupilles, rapetissées par le passage de l'ombre à la lumière, ressemblaient à des têtes d'épingle. « Klein, me dit-il alors, je suis navré, positivement navré – il dit : « positivement navré » – de çe qui vous arrive. Mais j'ai acheté régulièrement cette toile, elle vaut aujourd'hui cent fois ce que je vous l'ai payée, elle vaudra encore plus un jour. De toute façon, je n'ai pas l'intention de m'en défaire. » Il avait décroisé ses doigts courts et écrasé l'index sur le bouton d'une sonnerie électrique. Je dus m'appuyer à la tablette du bureau pour me remettre debout. Mon regard tomba sur un lourd presse-papiers de marbre. Je m'en emparai au moment précis où un larbin apparaissait au seuil de la pièce, mais une défaillance me prit, je le lâchai et me dirigeai vers la porte. J'allais la franchir quand Weyl me rejoignit. « Voici cent francs, me dit-il. Si cela ne va pas mieux, revenez me voir... »

Klein se passa la main sur le front. Cette voix, c'était visible, le poursuivait, résonnait encore à ses oreilles, et Noël, comme lui, crut l'entendre s'élever dans les profondeurs de la pièce.

– Que... Qu'as-tu fait alors? demanda-t-il.

– J'ai d'abord empoché les cent francs... à seule fin, j'imaginé, de me dégrader sans rémission. Puis, le soir venu, je suis retourné chez Weyl et j'ai essayé de m'introduire dans la maison. En vain. Le jour suivant, sur la fin de l'après-midi, j'ai trouvé une fenêtre du rez-de-chaussée entrouverte. Je l'ai poussée, je suis entrée et j'ai volé la toile. Je m'attendais à être interrogé par la police le soir même. Il n'en fut rien. Par contre, le lendemain matin, j'appris que le vieux avait été tué.

Klein chercha le regard de Noël :

– Maintenant, écoute-moi bien. J'ai volé la toile le 4, dans l'après-midi. Weyl a été tué le 4, dans la soirée, avant d'avoir eu le temps de déposer plainte. La police en déduit donc que le vol et le meurtre sont liés, que le second est la conséquence logique du premier, que, surpris par Weyl au moment où je m'introduisais chez lui, je l'ai mortellement frappé pour ne pas être pris.

– Mais c'est absurde! se récria Noël. On n'a relevé aucune trace de lutte sur les lieux du crime. Par ailleurs, si Weyl n'a pas eu le temps de déposer plainte, le vol a dû être constaté par ses proches, il a dû leur en parler...

– Sûrement pas. Cela l'aurait obligé à leur parler aussi de moi, à se montrer à leurs yeux sous un jour défavorable. N'oublie pas, au demeurant, que le vol n'a précédé le meurtre que de deux ou trois heures.

Klein se tut brusquement et prêta l'oreille.

– Quelqu'un vient, dit-il d'une voix rauque. Qui est-ce?

Et, à cela, Noël connut que ses sens, tout aiguisés qu'ils fussent devenus, n'avaient pas encore atteint la finesse de ceux de Klein.

– Ce n'est rien, dit-il au bout d'un moment. C'est Belle.

La porte, mal fermée, céda sous la poussée d'un pied impatient. Belle entra, un paquet dans chaque main, les bras chargés d'immortelles.

Noël ne lui donna pas le temps de s'avancer dans la pièce.

– Klein est accusé du meurtre de Weyl! lui jeta-t-il.

Et ces mots, dans sa bouche, ressemblaient à un véritable cri de détresse. A un reproche aussi.

Belle laissa tomber mollement ses paquets dans un fauteuil, posa ses fleurs sur la table, déboutonna ses gants. Son regard allait de l'un à l'autre.

– Pourquoi? dit-elle enfin.

– Parce qu'il lui a repris « La Vierge aux Chardons », dit Noël. Alors la police croit que...

Belle, l'interrompant, se tourna vers Klein :

– Vous n'avez pas d'alibi? interrogea-t-elle avec son froid bon sens.

Et sa voix calme, posée, parut dépouiller la scène de tout caractère dramatique.

– Non, dit Klein. J'étais chez moi, seul. De plus, le valet de Weyl a rapporté à la police la scène dont il fut témoin la veille du crime, scène au cours de laquelle il m'a vu menacer son maître d'un presse-papiers.

Belle réfléchissait, les sourcils froncés.

– On ne condamne pas sur de telles présomptions... Les policiers ont-ils retrouvé la toile volée?

Klein secoua la tête et un sourire inattendu étira ses lèvres :

– Non. Et je ne crois pas qu'ils la trouvent...

– Alors, ils ne peuvent rien contre vous. Abdon Chambre, le secrétaire de Judas...

Noël tiqua. Belle n'avait pas dit : « Weyl. » Elle avait dit : « Judas. »

– ... aurait, paraît-il, volé des faïences Ming. Rien ne prouve qu'il n'ait pas volé, de surcroît, votre « Vierge ». De toute façon, si vous niez tout, vous bénéficierez du doute.

Mais Klein s'était levé, le regard dirigé vers la porte.

– Ecoute! dit-il, s'adressant d'instinct à Noël.

Des pas ébranlaient à nouveau l'escalier. Des pas lourds, puissants. Les pas mesurés d'un homme que rien ne presse, qui connaît la valeur du temps et de l'effort. Les pas – il n'y avait pas à s'y tromper – du commissaire Maria.

Belle, qui doutait encore pour ne les avoir entendus qu'une fois, jeta un rapide regard à Klein et à Noël. Leur attitude suffit à la fixer.

– Niez tout! répéta-t-elle d'une voix basse et pressante.

Et Klein, machinalement, inclina la tête.

Le commissaire avait atteint le palier extérieur. Encore qu'il vît Belle, Noël et Klein tournés tous trois vers lui, il leva son poing ganté et frappa civilement à la porte. On ne lui répondit pas. Il refrappa.

Noël sentit la main de Belle le pousser en avant.

– Entrez, commissaire, dit-il, tirant la porte à lui.

Le gros homme s'essuyait les pieds au paillasson.

– Bonsoir, monsieur Martin, dit-il, pénétrant prudemment dans la pièce, son chapeau à la main. Bonsoir, madame Martin... Il n'est pas tout à fait 7 heures, n'est-ce pas?

Une façon élégante de dire, évidemment : « J'arrive un peu tard, mais vous remarquerez que je ne dépasse pas, ce faisant, les limites de la légalité. »

Il se tourna vers Klein et toute cordialité disparut de sa voix :

– Bonsoir, Klein. Je vous cherchais.

– Pour... Pourquoi? balbutia Klein.

Le commissaire avait posé son chapeau sur le bras d'un fauteuil et se dégantait posément :

– Je m'excuse de cette intrusion, madame Martin. Mais j'ai un pénible devoir à remplir...

– Vraiment? dit Belle. Lequel?

Qu'elle le voulût ou non, son ton s'était fait légèrement agressif.

– Nous avons perquisitionné à deux reprises dans l'atelier occupé par M. Klein, dans l'espoir d'y retrouver un tableau dont il est l'auteur et volé – selon toutes apparences – à M. Weyl, le soir de sa mort. Ces recherches étant demeurées sans succès, il me reste à fouiller M. Klein lui-même...

– Seriez-vous assez sot pour le soupçonner de meurtre? ou pour le croire capable de dissimuler sur lui une toile d'un mètre sur un mètre cinquante?

Le commissaire ne se formalisa pas. Et il ne répondit qu'à la première question :

– Il détestait la victime, non?

– Et après? Weyl avait d'autres ennemis. L'un d'eux a fort bien pu s'emparer de « La Vierge aux Chardons » pour donner le change à la police...

– Peut-être. Il n'en reste pas moins que M. Klein a menacé la victime, la veille de sa mort, et que certains souvenirs, remontant à sa création, lui rendent la toile disparue doublement précieuse.

– Si M. Klein avait voulu tuer Weyl, il l'aurait fait la veille, dans l'emportement de la colère. Le crime est presque toujours le fruit d'un paroxysme ou d'un calcul. On n'assassine pas quelqu'un dont on peut se défaire d'un coup de poing...

– A moins qu'on ne redoute de sa part une dénonciation!

– Allons donc! Admettons un instant, comme vous le prétendez, que M. Klein ait voulu récupérer son œuvre. Pourquoi aurait-il réduit définitivement au silence un homme dont les proches eussent, de toute manière tôt ou tard, porté plainte contre lui?...

Noël éprouva un sentiment proche de la consternation. Pour que Belle défendît Klein aussi chaudement, il fallait qu'elle fût sûre de son innocence et, pour qu'elle en fût sûre, il fallait qu'elle soupçonnât quelqu'un d'autre.

*Quelqu'un d'autre*... Dieu! Cela expliquait tout. La froideur de Belle, les silences de Belle, les répugnances de Belle et aussi cette façon qu'elle avait de le regarder, insistante et craintive à la fois, quand elle ne se croyait pas observée...

Le commissaire n'avait probablement jamais discuté aussi longuement de sa vie, surtout avec une femme. Il s'approcha de Klein, lui enjoignit de lever les bras et ses mains actives commencèrent de palper ses vêtements.

– Ainsi, c'est vrai? railla Klein. Vous supposez que je porte « La Vierge aux Chardons » sur moi?

Le commissaire prit son temps. Puis il fit cette réponse admirable.

– Je ne le suppose pas, *j'en suis sûr!*

Il exhibait un bout de papier de couleur rose, plié en quatre.

– *La voici,* dit-il.

Le bout de papier rose, plié en quatre, était un billet de consigne.

## XV

Noël poussa un soupir d'énervement :

– Belle! Viens m'aider...

Debout devant la grande glace du studio, il s'évertuait depuis cinq minutes à nouer sa cravate d'habit et son bouton de col, lui échappant des mains, venait d'aller se nicher Dieu sait où.

Belle soupira, elle aussi. Deux tons plus haut. Puis elle reposa un flacon sans douceur :

– Tu attendras!... Mon vernis n'est pas sec.

L'invitation était arrivée la veille au soir et Noël ne l'eut pas plus tôt vue qu'il pressentit le conflit. Elle portait la mention : *Tenue de soirée,* et cela seul devait suffire à séduire Belle. Noël n'en avait pas moins accumulé les mauvaises raisons pour la décider à refuser. Sortir, songer à tuer plus ou moins agréablement le temps quand Klein se trouvait en cellule, en cellule par sa faute, lui paraissait monstrueux. Et il lui semblait, à tort à ou raison, que Belle aurait dû partager sa répugnance. « Fort bien, reste ici! lui avait-elle finalement répondu. Je trouverai bien quelqu'un qui me ramènera. » C'était l'argument-massue, il avait cédé avec le sentiment de commettre une lâcheté, de se ravaler à ses propres yeux. Belle, humanisée par sa victoire s'était faite alors persuasive : « Boire un peu, voir des gens, cela devrait, comme moi, t'étourdir?... » Il avait grommelé : « Ça ne m'étourdit pas. Ça m'assomme! » Et, dans un tardif sursaut d'énergie : « Je te préviens, en tout cas, que je rentrerai tôt. Passer la nuit me vide pour quarante-huit heures! » Elle l'avait enveloppé d'un regard indéfinissable où entraient du dédain, de la pitié, de la tendresse. « Mon pauvre chéri! » avait-elle dit. Et il l'aurait battue.

Elle s'approcha, les doigts écartés, soufflant sur ses ongles rougis :

– Qu'est-ce que je dois faire?

Instruite par l'expérience, elle le savait mieux que lui, mais une telle question, et l'air résigné dont elle la posait, donnaient, à ses yeux, plus de prix à sa complaisance.

– Nouer ma cravate... mais, d'abord, retrouver mon bouton de col.

– Qu'en as-tu fait?

– Il est tombé...

– Où cela? interrogea-t-elle, soupçonneuse.

– Dieu seul le sait! Je n'ose me baisser, ou je froisse mon plastron.

Elle promena autour d'elle un regard attentif :

– Et moi, que je fasse sauter les mailles de mes bas, cela n'a pas d'importance?

Le bouton persistait à demeurer invisible. Alors elle se laissa glisser lentement à terre, en couvre-théière, les flots ardoise de sa robe de taffetas étalés autour d'elle. Noël l'eut à ses pieds comme une suppliante, son regard embrassa la courbe gracieuse de ses épaules nues, le départ de sa gorge dans l'entrebâilllement du décolleté, et il dut se faire violence pour ne pas s'agenouiller à son tour, en face d'elle, l'attirer à lui, lui chuchoter : « Restons! Je t'aime! » Ne lui disait-elle pas, du temps de leurs fiançailles, en lui montrant ses robes du soir qu'il comparait à des princesses mortes : « Je les mettrai pour toi tout seul »? Aujourd'hui, quand ils « s'habillaient », chacun de leurs gestes les séparait un peu plus l'un de l'autre, car ils ne leur étaient plus inspirés par le désir réciproque de se plaire. Belle chantonnait-elle devant sa coiffeuse? C'était dans l'heureuse expectative d'une rencontre, d'une découverte, d'une surprise. Souriait-elle à Noël? C'était pour lui marquer sa gratitude d'un proche plaisir dont il n'était plus que la cause indirecte.

Elle s'était relevée, le bouton à la main, et il sentit le contact de ses doigts frais sur son cou. Leurs lèvres étaient toutes proches. Il aurait voulu l'embrasser, mais il pressentait son mouvement de recul, son cri de protestation : « Tu vas gâcher mon maquillage! »

Elle lui pinça la chair en boutonnant son col, s'appliqua à nouer la cravate de façon irréprochable comme si elle avait loyalement tenu à ce qu'il affrontât autrui avec des armes égales aux siennes, comme s'il avait attendu, de l'inconnu, ce qu'elle en attendait elle-même. « Nous ne sommes plus des amants, pensa amèrement Noël, mais des complices! »

L'abandonnant enfin, elle traversa le studio en laissant derrière elle un sillage de parfum, piqua des fleurs à son corsage, tira d'un coffret de longs gants de velours noir. Elle sentait qu'il la regardait. Elle se retourna et lui fit la révérence :

– Comment suis-je?

Mais il se refusa à lui donner la petite satisfaction d'amour-propre qu'elle attendait.

– Et moi? fit-il brutalement.

Elle était devant la glace.

– Irrésistible! dit-elle, lointaine, en souriant à sa propre image. Donne-moi mon manteau.

Il le prit sur le lit, sans un mot, et le lui jeta sur les épaules, comme on cache la nudité d'une esclave promise à un marché barbare.

Mme Simart-Jean – Martienne pour ses amis – avait eu l'idée originale de réunir, outre quelques intimes, les sept ou huit peintres dont elle s'était entichée ces deux dernières années, et dont les toiles, jalonnant son appartement de l'entrée à la chambre à coucher, la montraient de face, de profil, de trois quarts, en pied, en buste; coiffée à l'angle, à la Jeanne d'Arc; en amazone, en tenue de ski, en pyjama.

Cela faisait une assemblée bruyante et joyeuse et Noël n'eut pas plus tôt franchi le seuil du fumoir qu'il se retrouva assis dans un profond Chesterfield, un verre de whisky à la main, entre une jolie femme aux yeux verts et la dernière découverte de Martienne, un jeune « fauve » à barbe blonde qui prétendait voir en elle l'incarnation d'Azyadé et la peindre voilée jusqu'aux yeux.

– Vous comprenez, expliqua-t-il à Noël, comme ça, elle ne me reprochera pas, *à moi*, de lui faire le nez trop long!

– Non, dit Noël, mais elle vous reprochera de lui avoir escamoté la bouche.

Chacun savait que Martienne poursuivait, d'expérience en expérience, l'exact reflet d'une beauté qu'elle jugeait chaque fois trahie.

La jolie inconnue aux yeux verts attendait impatiemment, tout en frappant le sol de la pointe de son soulier de satin, que Noël voulût bien lui décliner son nom et lui faire un doigt de cour. En d'autres temps il n'y aurait pas manqué, les femmes éveillant généralement en lui un désir à fleur de peau qui ne survivait d'ailleurs pas à l'assouvissement de sa curiosité. Mais, ce soir, il se sentait incapable d'adopter ce ton léger qui autorise les pires audaces. Tout en écoutant d'une oreille distraite son voisin de droite disserter sur le métier des primitifs, il ne pouvait s'empêcher de songer à Klein, de se le représenter en cellule, retranché du monde, au cœur de la nuit et du désespoir.

A minuit – il sut qu'il était minuit grâce à une pendule de Boulle, toute proche, dont la voix grêle faisait entendre, de demi-heure en demi-heure, un bruit de cristal brisé – il n'avait toujours pas quitté son fauteuil. Martienne, Belle, d'autres charmantes femmes, étaient venues lui remplir son verre et s'informer distraitement de ses désirs. Rires et conversations avaient monté de plusieurs tons. Mais il était toujours là, pensif, comme ensommeillé, en tête à tête silencieux avec une ombre.

– Bonsoir, fit tout à coup une voix familière, tandis que les ressorts du fauteuil ployaient sous le poids d'un corps tombant de haut.

Une épaule nue s'appuya à lui, le niveau du whisky oscilla dans son verre.

– Comment trouvez-vous ma robe?

C'était Renée, le regard brillant, les lèvres humides, contenant mal, comme d'habitude, une secrète impatience.

– Je ne la trouve pas, je la cherche,

– Et vous préférez les femmes à rubans et agrafes? Mieux emballées, quoi, comme Belle?... Voilà une heure que je suis là. Je m'attendais, pauvre de moi, à ce que vous m'invitiez à danser. J'aurais aussi bien pu attendre toute la nuit.

Belle, qui buvait peu d'ordinaire, devait en être à son quatrième ou cinquième drink. Assise à l'autre bout de la pièce, à côté d'un quadragénaire aux tempes argentées, elle riait, apparemment sans raison et un peu plus haut qu'il n'aurait fallu. Elle avait les jambes croisées et balançait un pied nerveux dont l'extrême pointe seule dépassait le bord de sa jupe de taffetas. « Dans un tel milieu, pensa Noël, elle peut à tout moment – et forte de mon assentiment – rencontrer l'homme assez adroit, assez séduisant ou, tout bêtement, assez heureux pour lui plaire. » Il se rappela un proverbe viennois dont l'amertume l'avait frappé : « *Tugend ist wenn keiner kommt; Treue, wenn kein zweiter kommt.* » Littéralement : « La vertu, c'est quand nul ne vient; la fidélité, c'est quand il n'en vient pas un second. » Belle n'était pas intéressée au sens propre du terme, mais elle aimait l'argent pour toutes les joies qu'il procure. Elle coupait elle-même ses robes, mais assistait aux défilés des grands couturiers. Quand elle parlait des pays lointains, on la sentait mal résignée à vieillir sans les avoir visités. Entre elle et tout cela – l'argent, les escales torrides, les palaces, la vie large et facile – un seul obstacle, en somme : Noël. Viendrait-il à la quitter, à disparaître, le regretterait-elle seulement? N'éprouverait-elle pas plutôt une obscure sensation de soulagement? Quand son père était mort, elle ne l'avait pleuré que deux jours. Elle disait l'aimer, pourtant! Elle l'aimait certainement, à sa manière.

– Ces petits nœuds de velours noir, admira Noël, malgré lui. Ces longs gants, ce ruban autour du cou, ce tulle au corsage, ces cheveux d'or, ces paupières lourdes... Un Boldini.

Renée avait suivi le regard de Noël :

– Vous l'aimez donc... tant que ça?

Noël sursauta et se tourna vers Renée, comme si elle venait de le placer devant une réalité nouvelle.

– Si je...?

Il se tut pour mieux réfléchir.

– Non, dit-il enfin, je ne crois pas que je l'aime.

Désespérément, vainement, il chercha les mots propres à traduire son état d'âme :

– C'est pis. Elle fait partie de moi. Quand je l'ai connue, elle était très différente de ce qu'elle est aujourd'hui. Et, ce qu'elle est aujourd'hui, je m'imagine – à tort, sans doute – qu'elle me le doit. Je me suis ingénié à la marquer, la refondre. Si elle devait se reprendre un jour, je ne pourrais lui pardonner la stérilité de tels efforts, tout ce temps... perdu.

– Mon pauvre Noël! dit Renée. (Il détestait qu'elle dît : « Mon pauvre Noël! » et cet air de suffisance qu'elle avait pour le dire.) Quatre choses, d'après la Genèse, ne laissent aucune trace : le nuage dans le ciel, le serpent sur la roche...

– Oui, je sais, le navire sur l'eau et l'homme dans la femme. C'est bien ce qui m'enrage.

– Homme! dit Renée.

L'épithète aurait pu être méprisante; dans sa bouche, elle parut chargée de tendresse.

Mais Noël ne l'écoutait plus. Il s'était levé, avait brusquement posé son verre. Belle le vit approcher avec un peu d'étonnement.

« Je suis fatigué, dit-il, ignorant à dessein son cavalier. Rentrons.

– Rentrer... maintenant? dit Belle.

Et elle se mit à rire, se remit à rire plutôt, de ce rire mal éteint, sans cause précise, qui la secouait un instant auparavant.

L'homme aux tempes argentées s'était levé. Un œillet poivré ornait le revers de son habit. Il portait beau. « Un autre Weyl! » pensa Noël. Belle avait toujours été attirée par les hommes d'âge.

– Bertrand, dit-il en s'incliant avec raideur.

– Martin, dit Noël, de mauvaise grâce.

Son regard ne fit qu'effleurer l'homme pour retourner envelopper Belle.

– Tu viens? répéta-t-il, d'autant plus impatient qu'il la sentait plus rétive à sa volonté.

Elle se leva avec une lenteur calculée :

– Non.

Noël, déconcerté, s'essaya maladroitement à l'ironie :

– Tu t'amuses à ce point?

– Je ne sais pas. Non. Justement, je n'ai pas encore commencé à m'amuser vraiment.

– Et tu as l'intention...?

– Oui.

L'homme aux tempes argentées avait soudain replongé dans l'anonymat. Ils n'étaient plus qu'eux deux, le regard chargé de sentiments inexprimés, d'une confuse violence, prêts à s'affronter, peut-être à se blesser.

Au même moment Martienne s'approcha, prit Belle par le bras :

– On flirte? interrogea-t-elle avec un manque d'à-propos désarmant. (Puis, soudain inquiète :) Vous n'allez pas vous en aller?

Déjà, elle entraînait Belle :

– On réclame une jolie *barmaid*... Vous permettez, Bertrand?

Noël sentit qu'il pâlissait à vue d'œil, que la colère, cette dangereuse colère contre laquelle il était sans défense, allait le saisir tout entier. Il se détourna et, ignorant volontairement Renée qui venait à lui, sortit de la pièce sans un mot.

– Mon pardessus, dit-il d'une voix sourde à la femme de chambre qui s'empressait.

Il le lui prit des mains, l'endossa à la hâte, coiffa son chapeau, se dirigea vers la porte.

– Monsieur, votre foulard...

Il le fourra dans sa poche, ouvrit lui-même la porte d'entrée. Deux minutes plus tard, il était dehors, dans la nuit froide, marchant à pas rapides vers un but inconnu.

## XVI

Noël n'avait pas fait cent mètres qu'il se crut reporté dix ou quinze jours en arrière. Comme en ce soir fatal, des signalisations électriques allumaient périodiquement leurs feux rouges et verts aux carrefours, les arbres dénudés par l'automne agitaient leurs branches comme des bras, le vent faisait un bruit d'orgues. Tout était pareil, en somme, pensa Noël, rien n'avait changé, ni autour de lui ni en lui, sinon que ses yeux s'étaient ouverts un peu plus grands, qu'il avait perdu l'une de ses dernières illusions. Car, aussi inattendu que cela pût paraître de la part d'un homme que la passion avait poussé au meurtre, Noël, en sortant de chez Weyl dix jours plus tôt, les mains souillées de sang, conservait des illusions. Par son crime, il croyait s'affranchir, avoir effacé le passé comme d'un grand coup d'éponge, recommencer à zéro, être devenu d'un coup un homme différent de celui qu'il était une heure plus tôt, et qu'un destin nouveau attendait. Toutes les éventualités, même les plus improbables, s'étaient présentées à son esprit. Il s'était vu arrêté, traîné en justice, condamné. A dix ans, à vingt ans, à perpétuité, à mort. Il s'était vu acquitté. Il avait, en pensée, perdu et reconquis l'amour de Belle. Il s'était enfui vers des terres lointaines à bord d'un méchant cargo. Il s'était tué. Il avait tué Belle. Ils s'étaient tués tous les deux. En recourant au poison, à l'asphyxie. Lèvres contre lèvres. Pleins d'une sombre joie, pâles d'horreur. Il avait berné la police, vieilli avec son monstrueux secret, se nourrissant de lui, se repaissant de ce haïssable souvenir, y puisant, chaque jour, la notion de sa force. Il avait vécu dix vies, imaginé dix morts, se livrant d'autant plus volontiers à ces spéculations qu'il y trouvait un dérivatif à ses angoisses, qu'elles lui ôtaient le souci d'agir. Son crime, vu sous cet angle, devenait un aboutissement. Il avait tué, il avait eu le courage ou la sottise de tuer, tout le reste – bon ou mauvais – devait en découler normalement. Il ne lui restait plus qu'à s'en remettre aux événements. Quoi qu'il arrivât, il était préparé au pire.. Or, il n'était rien arrivé! La vie avait continué comme avant. Rien ne s'était cassé, rompu, dénoué. Il ne lisait pas mieux en lui, il lisait plus mal encore en Belle. Il doutait toujours de son amour, de sa fidélité, elle demeurait pour lui la même vivante énigme que par le passé. Il continuait de se poser d'insolubles pourquoi, de se torturer l'esprit au fil des heures, de se cogner aux mêmes murs, de faire les mêmes gestes, de prononcer les mêmes mots, de hasarder les mêmes incertaines caresses. Sans doute la police s'était-elle avisée de son existence, l'avait-elle interrogé, réinterrogé. Sans doute les questions du commissaire Maria l'avaient-elles fait passer par des alternatives d'espoir et de découragement. Sans doute son voyage à Pont-de-l'Ile l'inclinait-il à croire que Belle n'était pas allée jusqu'à le tromper, que le meurtre de Weyl était, tout compte fait, le fruit d'une tragique méprise. Il n'en restait pas moins que rien de tout cela n'avait apporté dans sa vie le bouleversement qu'il attendait, espérait confusément, ne lui avait fourni ces certitudes après lesquelles il aspirait.

Un seul fait grave – le seul peut-être qu'il n'eût pas prévu – s'était produit : l'arrestation de Klein. Noël ne pouvait s'empêcher d'y songer comme à une double injustice : injustice à l'égard de Klein d'abord, injustice à son propre égard ensuite. Cela brouillait les cartes, faussait les règles du jeu, le privait de ses meilleures armes envers la police, l'acculait à une défaite sans lutte, à une reddition prématurée.

Car, si Klein ne réussissait pas à faire la preuve de son innocence – et comment l'aurait-il faite? – il ne lui restait – à lui, Noël – qu'une ressource : se résigner aux aveux, revendiquer son crime. Déjà, quand, trois jours plus tôt, le commissaire avait entraîné le peintre, il avait été tenté de les rattraper, de leur crier la vérité. S'il ne l'avait pas fait, c'est que Belle avait dit, sans la moindre émotion : « Nous le reverrons avant quarante-huit heures. Ils ne peuvent rien contre lui. »

Mais les quarante-huit heures étaient passées et la police n'avait pas relâché sa proie. Tout au contraire, les journaux annonçaient que, « sur réquisition du juge Pons, le commissaire Maria avait procédé à une arrestation qui pourrait bien mettre le point final à l'instruction du meurtre de Judas Weyl ».

Noël tira son foulard de sa poche et s'en protégea le cou. Le froid était vif, son linge empesé, chaque fois qu'il entrait en contact avec sa peau, le faisait frissonner. Au moins s'il avait connu les intentions de la police à l'égard de Klein, les résultats des premiers interrogatoires!

Un nom se présenta à son esprit : « Garrick! » Par le reporter, il saurait à quoi s'en tenir. Sans doute était-il tard – 1 heure et demie – pour sonner à sa porte, mais le journaliste se couchait rarement avant l'aube et habitait à moins de cent mètres.

Noël se félicita que le hasard de sa promenade lui eût rappelé l'existence de ce vieux camarade et pressa le pas. Tant pis si sa visite paraissait anormale! Il se sentait incapable d'affronter une nouvelle nuit sans en savoir davantage.

Victor Garrick n'était pas chez lui mais Noël se souvint qu'il travaillait de nuit à *L'Evénement* une semaine sur deux. Il pénétra dans une cabine téléphonique et réussit à l'avoir au bout du fil :

– Je voudrais te parler sans retard... Te trouverai-je au journal?

– Oui, dit Garrick. Du moins, si tu te dépêches. Je quitte la boîte dans vingt minutes.

Noël dut pousser jusqu'à la station la plus proche pour trouver un taxi. Tandis que la voiture l'emportait, il se revit, quinze jours plus tôt, roulant vers l'avenue Sémiramis, puis vers *L'Empire*. Que n'eût-il donné pour remonter le cours du temps, redevenir le Noël d'alors, libre encore de ses actes? Un simple coup de frein ou de volant, et il évitait le pire. Depuis... Depuis, un sort malin avait fait de lui, du meurtrier par amour qu'il était à l'origine, un criminel sans mobile et, partant, sans justification; enfin, dernier avatar, il se retrouvait aujourd'hui dans la peau d'un coupable qui voit un innocent sur le point de payer pour lui.

Quand il atteignit les bureaux du journal, des camionnettes attendaient devant l'entrée réservée au personnel de nuit et le ronflement des rotatives allait grossissant de seconde en seconde : on commençait d'imprimer la dernière édition.

Il monta hâtivement au deuxième étage et, dans le couloir où donnaient les bureaux des divers rédacteurs, se heurta à Victor Garrick, le col défait, les manches de sa chemise roulées jusqu'aux coudes.

– Content de te voir, dit rondement Garrick. On s'était quittés un peu brusquement la dernière fois... Entre là. J'arrive tout de suite.

Noël pénétra dans un petit bureau partiellement éclairé par une lampe portative à abat-jour de porcelaine verte et où une jeune femme terne, sagement assise dans l'ombre, son sac à main ouvert devant elle, croisait des jambes gainées de soie artificielle. Il ouvrit son manteau, dénoua son écharpe et, trop nerveux pour s'asseoir, se prit à examiner machinalement un plan de la ville épinglé au mur.

Garrick entrait, tout en rabattant ses manchettes sur ses poignets fraîchement lavés :

– Alors?... Que je te présente, d'abord... Noël Martin, un vieil ami... Denise...

Noël formula une vague formule de politesse. Garrick, au hasard de leurs rencontres, l'avait tour à tour présenté à une Simone, à une France, à une Suzanne qui, toutes, paraissaient également dépourvues de noms de famille.

– Alors? répéta Garrick en éteignant sa lampe de bureau et en tournant le commutateur qui commandait au plafonnier.

Noël prit son courage à deux mains :

– Je ne te retiendrai pas longtemps. Je suis simplement venu te demander un tuyau...

D'instinct, il adoptait le ton léger de son interlocuteur.

– Sur?

– L'instruction de l'affaire Weyl. Le Klein que l'on vient d'arrêter, tu sais, ce peintre que l'on acc...

– Il a été reconnu innocent.

C'était tout Garrick, cela! Ne pas même donner le temps à ses interlocuteurs d'exprimer toute leur pensée, dans le dessein de les étonner davantage.

Il reprit :

– C'est un de tes amis?

Noël avait peine à dissimuler son soulagement et sa joie.

– Un excellent ami! dit-il vivement. On est venu l'arrêter chez moi. Aussi...

– Aussi?

– ... je me réservais, si la police s'était acharnée après lui, de confier sa défense à un maître du barreau.

– Je vois..., dit Garrick qui rangeait maintenant quelques derniers feuillets épars, fermait l'un après l'autre ses tiroirs à clef. Cela ressemble à un conte de fées! se décida-t-il à expliquer. Un conte que j'intitulerais, quant à moi : « Mathilde, ma voisine. » Hier matin, pressé de questions, Klein avait fini par avouer le vol qu'on lui reprochait, tout en prétendant s'en être rendu coupable dans l'après-midi du 4, non dans la soirée. « Parfait! lui avait répondu le juge. Donnez-nous votre emploi du temps le soir du crime. – J'étais chez moi. – Seul? – Seul. – Dans ces conditions, rien ne nous prouve que vous dites la vérité et que vous ne vous êtes pas plutôt rendu chez Weyl en fin de journée! » Ils en revenaient toujours là. Klein : « Je ne suis pas sorti de chez moi »; le juge : « Prouvez-le! » – et Pons voyait déjà son homme en cour d'assises quand, cet après-midi...

Garrick fit une pause pour endosser son pardessus.

– Cet après-midi? répéta impatiemment Noël.

– ... une certaine Mathilde Devant, lingère, demande à être reçue par lui, « au sujet de l'affaire « Weyl ». Il décide de l'entendre. Entre une drôle de petite bonne femme, possédée par l'audace des timides. « Je vous apporte la preuve que M. Klein est innocent du crime dont on l'accuse, lui dit-elle tout à trac. J'habite, dans le même immeuble que lui, un logement situé de l'autre côté de la cour et mes fenêtres donnent sur celles de son atelier. Quand il fait de la lumière, j'en perçois le reflet dans ma chambre. Or, le soir du 4, il n'a cessé d'aller et de venir sous mes yeux que pour se jeter sur son divan ou contempler une grande toile rapportée dans l'après-midi. La lumière a brûlé chez lui jusqu'à minuit, heure à laquelle il s'est couché. » Tu parles d'un alibi! Le juge, effondré, eut la curiosité de connaître les raisons qui poussaient la jeune femme à observer ainsi son voisin : « Vous intéressez-vous donc à lui tant que cela ou est-ce, chez vous, disposition naturelle à vous occuper des affaires des autres? » Il n'en fallut pas plus pour que la petite bonne femme perdît contenance et rougît jusqu'aux cheveux. A l'entendre, Klein et elle, depuis qu'ils sont voisins, n'ont pas échangé plus de dix phrases. J'imagine qu'il saura reconnaître comme il convient le service qu'elle vient de lui rendre... et qu'ils auront beaucoup d'enfants!

Garrick ouvrit la porte :

– Nous prenons la dernière camionnette, Denise et moi. Je te jette quelque part?

Noël crut devoir accepter, bien qu'il eût préféré rentrer à pied, seul avec ses pensées.

– Vois-tu, dit Garrick dans la voiture qui les emportait, adossés à des piles de journaux et les genoux à hauteur du menton, je te l'ai déjà dit. Rien ne m'ôtera de l'idée que c'est un mari trompé qui a fait le coup et tant qu'ils ne chercheront pas de ce côté...

– Ils ont déjà cherché, dit Noël. Ils m'ont même interrogé, en tant que familier de Weyl.

– Ah oui? dit Garrick. Si tu l'as descendu, tu ferais bien de me le dire tout de suite, que je sois le premier à l'annoncer!

Noël se fit déposer à cinq minutes de chez lui. Il espérait contre tout espoir trouver l'atelier éclairé, signe que Belle l'eût attendu. Mais les rideaux fermés ne laissaient filtrer nulle lumière et ce fut avec un déprimant sentiment d'abandon qu'il introduisit sa clef dans la serrure. Il ôta son manteau dans le noir, s'assit lourdement sur son lit, alluma sa lampe de chevet. Il avait déjà commencé de se déshabiller quand l'imperceptible bruit d'une respiration toute proche le fit se retourner. Belle était là, à portée de sa main, les draps remontés jusqu'aux yeux et sa robe ardoise, jetée sur une chaise, laissait entrevoir la cascade neigeuse des volants qui l'étoffaient.

– Belle! murmura-t-il d'une voix rauque. Tu dors?

Elle ne bougea pas et son regard tomba sur un bout de papier épinglé à son propre oreiller, un bout de papier sur lequel il lut, déconcerté : *On ne rentre pas aussi tard. C'est honteux.*

Quand il revint de la salle de bain, Belle lui tournait le dos et les draps se soulevaient lentement au rythme régulier de sa respiration. Il se glissa dans le lit avec précaution et se rapprocha d'elle jusqu'à ce que ses membres transis éprouvassent sa bienfaisante chaleur. Enfin, s'enhardissant, il épousa étroitement, de tout son corps plié, l'arc de son dos et de ses cuisses rondes... C'est ainsi que le sommeil le prit.

Le lendemain matin, quand il ouvrit les yeux, il était seul. Il se souleva sur un coude, cherchant à discerner la cause du bruit qui l'avait réveillé. A ce moment quelqu'un frappa à la porte-fenêtre – refrappa, pensa-t-il – et il aperçut, se profilant en ombre chinoise sur le rideau fermé, l'épaisse silhouette d'un agent de police.

Il se leva comme dans un rêve, enfila une robe de chambre, alla ouvrir. L'agent le salua civilement, deux doigts à son casque blanc. Puis il lui tendit un imprimé extrait d'une chemise de carton : une convocation à comparaître, l'après-midi même, devant le juge d'instruction Pons, chargé de l'affaire de l'avenue Sémiramis.

## XVII

L'entrevue ne dura pas un quart d'heure. M. Pons était un petit vieillard courtois et pointilleux qui avait deux faiblesses : celle de se répéter et celle d'obliger ses interlocuteurs à faire de même. Ainsi, quand Noël lui dit : « Le 4, j'ai passé la soirée à *L'Empire* », il insista : « Vous dites bien que, le 4, vous avez passé la soirée à *L'Empire*? » comme si une simple affirmation n'eût présenté aucune valeur à ses yeux. « Oui », dit Noël en tendant au juge la citation émanant du commissariat de police de son quartier, et en voici en quelque sorte la preuve – La preuve? » dit M. Pons. Noël inclina la tête : « J'ai, sans le savoir, contrevenu, ce soir-là, aux règlements sur la circulation en rangeant ma voiture dans une rue interdite aux véhicules automobiles. Procès-verbal en a été dressé à mon insu, tandis que j'assistais à la représentation cinématographique. – Tandis que vous assistiez à la représentation cinématographique? » répéta M. Pons. Il s'adressa à son greffier : « Prenez copie de cette pièce, Suret. Son importance ne saurait nous échapper. » Après quoi, il s'inquiéta : « Comment se fait-il que vous la déteniez encore si vous avez répondu à la convocation? » Le prix attaché par son interlocuteur à ce point de détail fit sourire Noël. Ainsi, c'était de telles vétilles que se nourrissait une enquête! « J'ai simplement prié l'adjoint au commissaire de bien vouloir me la laisser. – Mais pourquoi? » insista M. Pons. « Parce que je l'estime de nature à mettre un terme aux injustes soupçons dont je suis l'objet. » Mais si Noël espérait, par cette botte, forcer son interlocuteur à se découvrir, il fut déçu. « En ce cas, Suret, fit simplement M. Pons, puisque M. Martin n'a plus besoin de cette citation, nous ferons de préférence état de l'original. Vous prierez en outre le commissariat de la place du Jeudi de nous faire tenir un double du procès-verbal dressé à charge de M. Martin. » Un instant plus tard, le juge était debout et serrait la main de Noël comme on serre la main de quelqu'un qu'on ne doit plus revoir avant longtemps; telle fut, du moins, l'impression que Noël, enclin à l'optimisme, emporta de cette prise de congé.

Il rentra chez lui sans se presser, fit même un détour par des quartiers animés dont il aimait le pittoresque et la couleur. L'imminente libération de Klein aurait incité un autre à redoubler de méfiance car, maintenant que le peintre était reconnu innocent... Tout au contraire, elle lui apportait – paradoxalement – un sentiment de délivrance, presque de sécurité.

Comme d'habitude, la vitrine du magasin de jouets de Mme Elias l'incita à ralentir le pas, à s'arrêter. On en modifiait rarement l'ordonnance, mais elle contenait tant d'infiniment petits que Noël s'émerveillait d'y faire chaque fois de nouvelles découvertes. Tantôt c'était une minuscule calèche de bois peint – conduite par un cocher au fouet enrubanné et occupée par de jeunes mariés – qui s'avançait au trot sur des tarots éparpillés; tantôt c'était une grenouille en celluloïd mirant son ventre jaune dans l'eau trouble d'un débris de miroir; c'était un croisé engagé dans un combat singulier avec un Sioux tout hérissé de plumes; c'était un pompier tombé assis de la voiture rouge et or qui l'emportait en sonnaillant vers quel incendie?

Noël s'engageait dans l'étroit boyau aux murs vert d'eau où donnait la porte d'entrée de la boutique et qui menait à la cour quand un frais carillon retentit. Il ne se retourna pas, certain de reconnaître la figure ébouriffée d'un gosse du quartier. Mais une voix familière s'éleva, derrière lui :

– Monsieur Martin!

C'était le commissaire Maria, l'air vaguement embarrassé et s'efforçant maladroitement d'enfouir dans les vastes poches de son raglan un petit paquet mal ficelé que perçait un bonnet pointu à grelots.

La surprise, chez Noël, le disputa à l'ennui :

– Bonjour, commissaire... Vous passiez, j'imagine?

Le gros homme ignora l'ironie :

– Bonsoir, monsieur Martin. Je vous serais obligé de m'accorder un moment d'entretien.

Noël regarda avec insistance la poche que gonflait le petit paquet mal ficelé.

– Soit! dit-il comme s'il venait de réfuter une objection intérieure et qu'un acquiescement ne dépendît que de son bon plaisir. Suivez-moi.

Ainsi donc, se dit-il en précédant son visiteur dans l'escalier de fer, le commissaire était marié, père de famille. On l'imaginait mal déballant son polichinelle au repas du soir, on l'imaginait plus mal encore penché sur un lit clair, tendant ses joues flasques à de petites lèvres maladroites. Noël, jusqu'alors, n'avait jamais pensé qu'il pût avoir affaire à un homme comme les autres.

– Asseyez-vous, commissaire. Vous prendrez bien quelque chose?

D'avoir senti son interlocuteur gêné en sa présence donnait à Noël un agréable sentiment de supériorité que renforçait sa récente visite au juge d'instruction.

Le commissaire secoua la tête. Il s'était prudemment assis sur le coffre à bois auquel il avait accordé ses préférences lors de sa première visite. On le sentait homme d'habitudes.

– Non, merci, monsieur Martin. Je ne souhaite que vous poser quelques questions.

Le ton demeurait singulièrement froid, l'homme

singulièrement gourmé. Etait-ce « l'entrevue décisive »? Noël l'appréhenda.

– Une cigarette? proposa-t-il.

– Merci, monsieur Martin.

– Si vous voulez fumer une pipe...

– Je ne suis pas fumeur.

Toujours cette placide assurance, ce calme irritant que rien ne venait entamer! Toujours cette fermeté de propos, cette économie de mots qui maintenaient la conversation sur un plan strictement officiel! Toujours cette lenteur calculée à entrer dans le vif du sujet!

Noël, incapable de supporter plus longtemps le poids du silence, se résolut à attaquer :

– Je reviens précisément de chez le juge d'instruction, dit-il avec un feint détachement.

Le commissaire parut médiocrement intéressé.

– Il vous a demandé ce que vous faisiez le soir du 4, non?

– Naturellement! dit Noël. Et je lui ai répondu, comme à vous, que je me trouvais à *L'Empire*.

– Naturellement! dit le commissaire.

Il déboutonnait lentement son pardessus. Quand ce fut fait, il soupira :

– Or, *vous n'y étiez pas!*

Noël s'attendait si peu à une telle repartie qu'il en eut le souffle coupé et dut s'asseoir pour dissimuler son trouble.

– Je pourrais m'indigner d'un tel démenti, dit-il enfin. J'aime toutefois à croire que vous ne le formuleriez pas si vous ne croyiez avoir d'excellentes raisons de douter de ma parole?

Le commissaire avait tiré son petit carnet de poche et en tournait les pages en humectant son pouce :

– Voyons... Vous m'avez bien dit – votre réponse est consignée ici – que la séance cinématographique du 4 comportait un grand film, *Le Chat bleu*, un film documentaire et des actualités?

– Oui, dit Noël d'une voix assourdie.

Il retrouvait intacts les sentiments de méfiance éprouvés lors de son avant-dernière rencontre avec le gros homme, quand, intuitivement, la notion d'un danger inconnu lui était apparue.

– Eh bien, dit le commissaire sans changer de ton, j'ai pris mes renseignements. Il se fait que la séance à laquelle vous prétendez avoir assisté, le soir du 4, ne comportait pas de film documentaire.

– Par exemple! balbutia Noël.

Ainsi, tel était l'impair qu'il avait commis! Cependant... Cependant il se souvenait parfaitement que *L'Empire* projetait un court métrage quand il s'y était rendu avec Belle l'avant-veille du meurtre.

– Vous devez vous tromper, commissaire, insista-t-il. Encore que cette question ne me paraisse pas avoir l'importance que vous voulez lui attribuer, je jurerais avoir vu un film de complément, un documentaire en couleurs sur Tahiti... Je vous en ai d'ailleurs parlé, je crois, lors de notre avant-dernière rencontre.

Le commissaire secoua sa grosse tête avec une lente obstination :

– J'en suis désolé pour vous, monsieur Martin, mais *L'Empire* ne projetait pas de documentaire le soir du 4.

Un autre aurait exploité son avantage. Le commissaire, lui, attendit, le crayon en l'air, les yeux dans le vague.

Et, malgré qu'il en eût, Noël se vit à nouveau obligé de parler le premier.

– Possible, après tout! dit-il. Je vais au cinéma deux fois par semaine, quand ce n'est trois, et je ne saurais avoir la prétention de me rappeler l'exacte composition de chaque spectacle.

Le commissaire baissa son crayon, mais n'écrivit rien. Il continuait de regarder droit devant lui :

– En d'autres termes, vous prétendez donc, maintenant, avoir vu ce documentaire sur Tahiti dans une autre salle de la ville?

Noël s'insurgea :

– Je ne prétends rien! Cependant, si je ne l'ai pas vu à *L'Empire,* il faut bien que je l'aie vu ailleurs!

– Vous ne l'avez pas vu ailleurs, monsieur Martin... Vous l'avez vu à *L'Empire* – et vous ne sauriez l'avoir vu que là – pour l'excellente raison que ce cinéma l'a projeté *en première vision,* du vendredi 27 au jeudi 3.

Noël tressaillit comme s'il venait de poser le pied sur un serpent ou comme si un rideau s'était brutalement levé, projetant sur lui une aveuglante lumière. Le piège venait de lui apparaître, béant, et il était trop tard pour l'éviter.

Il le tenta, pourtant :

– Mais, naturellement! s'écria-t-il en se frappant le front. J'aurai confondu, dans mon souvenir, les soirées du 4 et du 2!

– ... et du 2? répéta le commissaire.

– Oui. Celle-là aussi je l'ai passée à *L'Empire.* Avec ma femme.

– Voici du nouveau, monsieur Martin. Par conséquent, le 4, vous seriez allé *revoir Le Chat bleu*? Je m'étonne que vous n'ayez pas cru devoir attirer mon attention là-dessus lors de nos précédentes entrevues.

Noël haussa les épaules :

– Cela m'est sorti de la tête. Encore maintenant, je ne vois d'ailleurs pas l'intérêt que...

Le commissaire réfléchissait, ou paraissait réfléchir :

– On ne se décide généralement à revoir que les pièces ou les films dont on garde un souvenir particulièrement agréable. J'avais cru comprendre, lorsque vous m'avez parlé de celui-ci, que vous l'aviez trouvé fort ordinaire.

Noël ne s'en défendit pas.

– Dites : « détestable ».

– Alors...

– Alors, ce qui m'a attiré, c'étaient certaines robes portées par l'héroïne. Je ne suis retourné à *L'Empire* que dans l'intention de les copier.

– Dans un dessein professionnel en quelque sorte ?

– Si vous voulez !

– Vous avez ces croquis sous la main ?

– Quels croquis ?

– Ceux que vous avez exécutés ce soir-là ? L'héroïne portait des robes plutôt excentriques, non ?

Noël qui, l'espace d'un instant, avait cru sentir se desserrer les mâchoires du piège, en perçut plus profondément la morsure. Il se leva, se dirigea vers le coin de l'atelier où il rangeait ses œuvres inachevées et commença de fouiller dans ses cartons dans l'espoir de mettre la main sur l'une ou l'autre esquisse qui pût abuser le commissaire, fût-ce provisoirement.

Il s'était toujours étonné que les criminels les plus habiles finissent par commettre une sottise qui les trahît. Maintenant il comprenait. Il comprenait qu'il entre une part d'imprévisible dans les plans les mieux conçus, que nul ne dispose de l'avenir.

Ainsi il pourrait se vanter de n'avoir laissé derrière lui aucune trace de son crime, de s'être tiré à son honneur des interrogatoires; le procès-verbal, même, dont il attendait tant, lui était finalement parvenu. Mais tout cela n'empêchait pas que les lampes et l'appareil de radio demeurés allumés pendant son absence, à l'heure du meurtre, lui eussent assuré le meilleur des alibis, qu'une modification inattendue, surtout, au programme de *L'Empire* allait le convaincre de mensonge...

Il s'en voulut, quand Belle lui avait posé les mêmes questions que le commissaire, de n'avoir pas fait aussitôt deux ou trois croquis; il aurait encore pu lutter, protester de sa bonne foi. Tandis que maintenant...

– Curieux! fit-il à mi-voix, comme se parlant à soi-même. Je n'arrive pas à les retrouver... (Il se retourna et affronta le regard du commissaire :) Ma femme aura dû les emporter.

– Pour s'en inspirer à son tour?

– Je suppose. Ou, alors, je les aurai si bien rangés... Remarquez que j'aurai remis la main dessus d'ici demain...

– Je n'en doute pas, monsieur Martin. Comme je ne doute pas, vu votre talent, que vous puissiez en exécuter de tardives copies en quelques minutes... Dites-moi, monsieur Martin...

Noël reposa contre le mur le carton qu'il avait à la main et, d'instinct, se raidit.

– ... maintenant que vous savez n'avoir pas vu de documentaire, le soir du 4, peut-être vous souviendrez-vous de ce que l'on vous a montré à la place?

Noël sourit en dedans. Cette fois la malice était cousue de fil blanc.

– Je regrette, commissaire, mais la séance était déjà commencée quand je pénétrai dans la salle.

– Rappelez vos souvenirs. Que projetait-on à ce moment? Le grand film?

Noël eut peur que l'aveu d'un retard trop prononcé ne parût anormal :

– Non, la fin des actualités.

Le commissaire prenait des notes :

– Vous n'avez pas vu de dessin animé, non?

– Non, dit Noël, après une brève hésitation.

Il devait à la question du commissaire de savoir maintenant par quoi le documentaire avait été remplacé, mais une réponse affirmative aurait amené de nouvelles demandes de précisions qui l'eussent trouvé à quia.

– Vous en êtes certain, naturellement?

La question était trop innocente d'apparence pour ne pas induire Noël en méfiance. Il sentit la peur lui mouiller le creux des mains.

– Mais... oui, dit-il d'une voix imperceptible.

Le commissaire fixa sur Noël le regard perçant de ses petits yeux vairons.

– Etrange! fit-il. Je dirai même : « Extraordinaire! » car le dessin animé, par quoi la direction de *L'Empire* avait remplacé le documentaire, a été projeté, ce soir-là, *entre* les actualités et le grand film.

Noël eut une sorte de vertige. Comme dans un rêve, il vit le commissaire refermer son carnet, le remettre dans sa poche, ainsi que son crayon, se lever. Noël s'attendait à ce qu'il s'approchât de lui, lui posât la main sur l'épaule, lui dît :

– « Au nom de la loi... »

Mais le gros homme ne fit rien de tout cela. Il commença simplement de reboutonner son raglan.

Alors Noël reprit courage :

– Vous voici donc convaincu de ma culpabilité, commissaire? questionna-t-il d'un ton où l'ironie dissimulait mal l'appréhension.

Le commissaire regarda attentivement Noël, mais ne répondit pas.

– Vous me paraissez oublier ce procès-verbal qui m'a été dressé à mon insu pour stationnement interdit! Je ne puis me souvenir de tout ce que j'ai vu – ou de ce que je n'ai pas vu – ce soir-là. Il n'en reste pas moins que, si je n'étais pas allé à *L'Empire*, je n'aurais pas écopé d'une contredanse!

Le commissaire soupira :

– Cette contredanse ne prouve rien, monsieur Martin. Ou, plutôt elle prouve simplement que vous

vous êtes trouvé aux abords de *L'Empire* à un moment quelconque de la soirée, nullement à l'heure du crime.

– Si j'avais voulu me procurer un alibi, j'aurais eu soin d'attirer l'attention d'une ouvreuse ou d'un spectateur afin d'en appeler à leur témoignage en temps opportun.

– Vous n'êtes pas homme à user d'une ficelle aussi grosse, monsieur Martin.

Le commissaire, maintenant, allait et venait à petits pas dans l'atelier :

– Au contraire, prétendre avoir assisté à la projection d'un film que vous aviez vu l'avant-veille et dont vous pouviez, par conséquent, parler congrûment, charger en quelque sorte la police d'appuyer officiellement vos dires en la forçant à vous dresser contravention sont là des trouvailles... dirai-je, « d'artiste »?

Noël éclata :

– Très bien, allez-y!... Qu'est-ce que vous attendez?... Passez-moi les menottes!... Je vous ai menti, menti depuis le début! Cela doit vous suffire?

– Justement, non, monsieur Martin! Nous n'embarquons que les criminels. Pas les menteurs. On embarquerait tout le monde.

– Vous partez?

– Il se fait tard...

– Mais... vous comptez revenir?

– Obligatoirement.

– Quand? Demain matin?

– Dès l'heure légale.

– Vous m'accordez un sursis?

– Je vous laisse une chance.

– Une chance! Quelle chance?

– La dernière, monsieur Martin! Celle de me dire, en toute sincérité, pourquoi vous m'avez menti jusqu'ici... Faute de quoi!... Tenez, voici mon numéro de téléphone personnel au cas où vous trouveriez une bonne – et plausible – explication... Mes hommages à Mme Martin...

Après le départ du commissaire, Noël fut long à coordonner ses pensées. Il éprouvait la stupeur d'un homme qui vient de recevoir un coup violent sur la tête et cherche à tâtons un point d'appui.

Que lui réservait désormais l'avenir?... Comme des scènes de film, des images défilèrent, rapides, précipitées, devant ses yeux. « Demain matin », avait dit le commissaire. Le lendemain matin on viendrait l'arrêter. On l'emmènerait au Palais de Justice. En taxi. Il se retrouverait en présence de M. Pons. L'affable et pointilleux M. Pons. « Vous dites bien que vous êtes innocent, monsieur Martin? » On lui poserait question sur question. On ne lui laisserait de répit qu'il ne se fût coupé, contredit. On fouillerait son passé, on étalerait sa vie privée aux yeux de tous, on lui découvrirait de fâcheuses hérédités. On interrogerait Judith, Joan, Abdon Chambre. Abdon Chambre! Klein, Mme Elias. « Vous dites bien que votre femme et vous formiez un couple uni? » On établirait que Belle n'était pas insensible aux assiduités de Weyl, qu'elle n'était insensible aux assiduités d'aucun admirateur. On lui découvrirait des amis d'enfance dans tous les coins. On interrogerait Mme Garsou : « J'ai toujours pensé que mon gendre... » Rose : « Comment, monsieur le juge?... Quoi? Si vous vouliez bien répéter?... » Le Dr Bergh : « De fait, quand on est aussi jolie que Mme Martin... » On prouverait peut-être que Belle était passée chez Judas Weyl avant de se rendre à Pont-de-l'Ile. On retrouverait – qui sait? – le percepteur de l'autobus pris par Noël pour aller de *L'Empire* à l'avenue Sémiramis. On dirait à Noël : « Votre femme vous trompait. Vous avez tué par jalousie! » Et, ce mot lâché, on s'en gargariserait, on le répéterait à tous les échos, on en ferait le leitmotiv de l'enquête. On dirait à Belle : « Nierez-vous que votre mari?... Oseriez-vous affirmer qu'il n'a jamais...? » Elle répondrait : « Noël est incapable de... » On insisterait : « Cependant, votre conduite... »

Noël se dressa, livide.

A tout prix, il fallait empêcher cela!

Mais comment?...

Un nom se présenta à son esprit :

Mais comment?...

« Renée! »

Quand il sortit, un homme se détacha de l'ombre projetée par la muraille et lui emboîta le pas.

## XVIII

Noël, le palier atteint, prit le temps d'écouter. Des éclats inégaux de gramophone lui parvenaient, étouffés, des profondeurs de l'appartement et il regretta de ne pas s'être annoncé par téléphone. Peut-être Renée n'était-elle pas seule, peut-être allait-il tomber sur un cercle bruyant d'amis?

Mais il n'était plus temps d'atermoyer. Il sonna.

Quand la porte s'ouvrit, une bouffée de chaleur et de musique lui sauta au visage. *I can't give you anything but love,* chantait une ardente voix de femme.

– Madame est là? demanda vivement Noël.

La femme de chambre, qui le connaissait, inclina la tête en souriant.

– Seule? insista-t-il.

Au même instant un bruit de talons hauts, sonnant sur le parquet, l'avertit de l'approche de Renée.

– C'est vous, Noël?

– Oui, dit-il. Puis-je entrer?

– Naturellement.

Avant qu'il eût fini d'ôter son manteau, Renée apparut sur le seuil de la pièce la plus proche. Elle portait un long déshabillé de satin dont les plis se cassaient sur la pointe de ses mules et ses cheveux défaits retombaient sur ses épaules.

– Célibataire? interrogea-t-elle gentiment, tout en l'observant d'un œil malicieux.

Mais quelque chose, dans son aspect, l'empêcha de poursuivre sur ce ton : sa pâleur, peut-être, ou cette nervosité mal dominée qui précipitait ses gestes.

– Je ne vous dérange pas? questionna-t-il machinalement en se dirigeant vers la porte au montant de laquelle elle s'appuyait.

Comme elle ne bougeait pas, il la frôla malgré lui, sentit contre le dos de sa main la douceur du satin. Alors elle le prit aux revers de son veston, se pencha vers lui et lui posa sur les lèvres un baiser furtif, tout en l'interrogeant des yeux.

Il continua d'avancer dans la pièce. Des rideaux bleu pastel aveuglaient les fenêtres du plafond au plancher, un foyer à gaz aux bûches postiches brûlait à petit bruit, une lampe à pied projetait un halo rose sur la tablette d'un secrétaire ouvert.

– Asseyez-vous, dit Renée. (Elle consulta la pendule :) 6 heures et demie. Il est tard pour prendre du thé... et, d'ailleurs, vous ne l'aimez pas. Un whisky?

Noël demeura silencieux. Il regardait autour de lui comme si le décor eût eu pour lui le prix des choses perdues.

– Je vous dérange? répéta-t-il, étonné à part lui de sacrifier, en des circonstances aussi exceptionnelles, aux politesses d'usage.

– Non, dit Renée qui avait surpris son regard. J'écrivais... (Elle hésita, acheva :) ... à Chris.

Ce nom rappela quelque chose à Noël. Il s'efforça de préciser ses souvenirs.

– Ah oui, dit-il. Chris! Vous êtes décidée à partir avec lui?

Renée parut soudain songeuse :

– Je l'étais encore il y a un moment.

– Et maintenant?

– Je ne sais pas... Vous êtes là.

Noël détourna les yeux. Il s'était dit : « A peine entré, je lui avoue tout d'une phrase! » Maintenant cela lui paraissait incroyablement difficile.

Renée était sortie. Elle revint avec une cave à liqueurs, remplit deux verres, les posa sur une petite table basse. En dépit d'efforts qu'il était permis de présumer sincères, son déshabillé s'entrouvrait à chacun de ses gestes. Elle demanda finalement, désignant la place libre dans le fauteuil, à côté de Noël :

– Je peux?

Il inclina la tête, vaguement heureux de son empressement à le servir, à lui plaire.

Elle s'installa tout contre lui, comme à son habitude, lui prit la main :

– Malheureux?

Il la regarda, domptant une dernière hésitation : rien de plus dangereux que de se livrer, pieds et poings liés, à une femme qui vous aime, ou se l'imagine.

– Je voudrais vous faire une confidence, dit-il, mais pour l'amour de Dieu, ne vous écriez pas, après : « Mon pauvre Noël! » Ce... (Il plongea :) C'est moi qui ai tué Weyl.

Il s'attendait à un cri, une exclamation. La main posée sur son poignet frémit, mais Renée demeura muette.

Alors, sans la regarder, de peur de n'avoir plus le

courage de poursuivre, il se libéra en petites phrases courtes, hachées, du secret qui l'étouffait depuis quinze jours. Il lui dit comment, rentrant chez lui le soir du 4, il avait trouvé un billet griffonné où Belle déclarait avoir été appelée d'urgence au chevet de sa mère malade; comment, en cherchant une feuille de papier dans son secrétaire, il avait découvert une lettre provenant de l'une de ses amies et l'avait lue sans arrière-pensée; comment une phrase de cette lettre l'avait incliné à soupçonner Belle d'entretenir des relations avec Judas Weyl; comment il avait successivement téléphoné chez ce dernier et à Pont-de-l'Ile; comment il avait décidé d'en avoir le cœur net en se rendant sur-le-champ au 42 de l'avenue Sémiramis; comment, en pénétrant dans le parc du « musée Weyl », il avait aperçu une femme qui s'enfuyait...

A ce moment Renée parla :

– Vous l'avez reconnue? demanda-t-elle vivement.

– Oui. Ou, du moins, sur le moment, je crus reconnaître Belle. Je l'appelai, elle précipita sa fuite. Alors je revins sur mes pas et entrai dans la maison. Weyl était couché sur un divan, en robe de chambre. Sa chemise, largement ouverte, faisait une tache claire dans l'ombre. Sur une table basse, les reliefs d'un dîner fin. Un maillet gisait à mes pieds. Je l'ai ramassé et...

Renée posa sur les lèvres de Noël une main caressante :

– N'achevez pas. C'est inutile.

Pour la première fois depuis le début de sa confession, il osa la regarder :

– Je vous fais horreur, hein?

Mais son attitude l'avait déjà détrompé.

– Non, dit-elle d'une voix grave. Je regrette seulement qu'un tel geste vous ait été inspiré par une autre. Belle sait-elle que...?

– Non.

Au même instant, des incidents de leur vie quotidienne, à Belle et à lui, lui revinrent à l'esprit :

– C'est-à-dire... J'espère que non.

Renée parut incrédule :

– Vous seriez parvenu à vivre ces quinze jours auprès d'elle sans lui crier la vérité? Vous m'étonnez, Noël.

– Je m'étonne moi-même, avoua-t-il d'un air sombre. J'aurais cru aussi que, après cela...

– ... vous ne l'aimeriez plus?

– Oui, que... que sa présence même me deviendrait odieuse.

– Et, naturellement, vous y tenez autant qu'auparavant? Plus, peut-être?

Il inclina la tête, accablé :

– Plus, je le crains. D'ailleurs... (Il hésitait à poursuivre :) ... elle n'est probablement pas coupable. Sa mère, le soir de... du meurtre, avait été emmenée d'urgence à la clinique. Belle, sitôt arrivée à Pont-de-l'Ile, l'y rejoignit. C'est ce qui m'a donné à penser, mes appels téléphoniques demeurant sans réponse, qu'elle m'avait menti.

– Ah oui? dit amèrement Renée. A votre place, je m'en tiendrais au témoignage de mes yeux!

Elle lui tendit un verre :

– Buvez.

Et elle-même vida le sien d'un trait, paupières closes, comme pour oublier ou s'étourdir.

– Renée...

– Oui.

– Je ne vous ai pas tout dit. Je m'étais ménagé un alibi que j'estimais excellent en prétendant être allé au cinéma et en obligeant en quelque sorte la police à valider mes dires en me dressant procès-verbal pour infraction aux règlements sur la circulation. Je comptais sans l'habileté du commissaire. Maria m'a, cet après-midi, posé des questions que je n'attendais pas, je me suis coupé et... Demain *ils* m'arrêteront.

– Noël!

Renée avait pâli. Elle lui reprit nerveusement les mains :

– Ce n'est pas vrai?

– Si. Je suis perdu, à moins que...

– A moins que?

– ... vous ne consentiez à m'aider.

– Mais comment?

– En disant... Je rougis de vous demander cela... En déclarant à la police que j'étais chez vous le soir du 4. Ainsi pourra-t-on penser que, si j'ai menti, c'est dans la crainte qu'une réponse franche ne fût rapportée à Belle et ne troublât la paix de notre ménage.

Renée réfléchissait :

– Le commissaire m'a posée, à moi aussi, toute une série de questions plus ou moins impertinentes et je lui ai déjà dit que... Il est vrai que je pourrais toujours prétendre avoir altéré la vérité pour les mêmes raisons que vous! (Elle ferma les yeux :) Entendu, je prends le risque! Vous avez passé la soirée – et une partie de la nuit – chez moi. Nous ne nous sommes pas quittés de 9 heures du soir à 2 heures du matin. J'ai essayé de vous prendre à Belle et n'y ai pas réussi...

– Renée! Comment vous dire...?

Il s'était, d'instinct, rapproché d'elle. Elle rouvrit les yeux, des yeux qu'il s'étonna de trouver si proches, si grands, si exigeants. Elle avait la bouche entrouverte. Il l'embrassa. Puis un flot de larmes lui brouilla la vue, il enfouit sa tête dans le creux de son épaule et ils demeurèrent ainsi, étroitement enlacés, bercés par le chuchotement du feu, le tic tac de l'horloge, les bruits confus, assourdis, de la rue.

Pourquoi fallait-il que ce fût cette femme qui le

consolât, et non Belle? Pourquoi fallait-il que ce fût elle qui l'aidât, le sauvât, et non Belle? Qu'est-ce donc qui l'empêchait d'aimer *celle-ci*?

– Tu sens bon... dit-il d'une voix lointaine, une voix de rêve, cherchant peut-être obscurément à lui exprimer sa gratitude.

Il la sentit tressaillir toute, comme s'il l'avait blessée.

– Ce... C'est le parfum de Belle. Je savais qu'il te plaisait. Alors...

Ils se turent de nouveau, hantés chacun par leur propre destin, les mains brûlantes, les lèvres sèches, le cerveau débordant de pensées inexprimées, inexprimables, n'osant faire un geste, de peur de rompre cet enchantement qui – de même qu'une fatigue subite interrompt l'étape du voyageur – les avait jetés dans les bras l'un de l'autre à la faveur d'un commun désarroi.

– Noël...

– Oui.

– Tu es bien?

Un temps, le temps de lutter contre cette impatience qui la poussait aux pires folies, la consumait elle-même :

– Embrasse-moi!

Il releva la tête, un peu étonné – déçu, qui sait? – lui effleura les lèvres, soudain attentif au timbre cristallin de la pendule :

– La demie... Je dois rentrer. Belle va s'inquiéter.

– C'est trop naturel, dit Renée, froide.

Ils se retrouvèrent debout en même temps, le regard flottant, comme surpris de s'être détachés si facilement l'un de l'autre. Son déshabillé bâillait; son costume paraissait fripé.

– Dînez ici, dit encore Renée. (Elle lui avait demandé vingt fois de dîner avec elle.) Vous rentrerez après.

Le ton était détaché, indifférent. Cependant, elle ne se souvenait pas d'avoir jamais désiré quelque chose plus intensément.

Il secoua la tête sans répondre, la gorge serrée, conscient d'être inférieur à la situation, honteux de s'être repris si vite, plus honteux encore d'avoir étalé sa faiblesse, se reprochant de tromper Renée sur ses intentions comme, au retour de Pont-de-l'Ile, il avait – à son corps défendant, par besoin de réconfort – trompé Belle par ses caresses.

– Renée, je voudrais vous dire...

Elle lui tendait son manteau et son chapeau.

– Oui? dit-elle d'un ton, malgré elle, plein d'espoir.

Il la prit aux épaules :

– Vous êtes la plus chic fille que j'aie jamais connue, voilà ce que je voulais vous dire!

Elle mollit, le feu aux joues, puis se dégagea doucement, la bouche amère. Ses yeux avaient foncé. Elle parut détester le monde entier.

– Détrompez-vous, chéri! dit-elle alors d'une voix assourdie, dure, débordante de rancune. Je cours ma chance et, si je pouvais perdre Belle, je le ferais sans hésiter!

Mais il n'en crut rien. Il savait que, tout comme lui, elle ne pouvait se défendre d'aimer Belle.

A peine dehors, il résolut de téléphoner au commissaire Maria. Il fallait étouffer ses soupçons dans l'œuf, l'empêcher de pousser, le lendemain, son enquête plus avant.

Le commissaire n'était plus à la P.J. Mais Noël réussit à le toucher chez lui.

– Bonsoir, commissaire! dit-il d'un ton léger. Vous m'avez demandé, cet après-midi, pour quelle vraie raison je vous avais menti. Eh bien, la voici... Je craignais que l'emploi de mon temps ne vînt à la connaissance de ma femme, qu'elle m'en fît grief. Le soir du 4, je me trouvais en compagnie de Mme d'Humain, dans son appartement.

– Je vous remercie de votre franchise, monsieur Martin, répondit la voix lointaine du commissaire.

Une pause.

– Confidence pour confidence. Apprenez que nous avons enquêté discrètement sur les faits et gestes de Mme d'Humain et que nous venons d'acquérir l'absolue certitude – ceci grâce à un témoin digne de foi – *qu'elle s'est absentée de chez elle, le soir du 4, de 8 à 11 heures.*

– Quoi? s'écria Noël. Que dites-vous là?...

Mais on avait raccroché et il eut beau rappeler le numéro du commissaire, on ne lui répondit pas.

Quand il sortit de la cabine, il aperçut un homme adossé à un arbre, à quelque trente mètres de là, et sa silhouette lui parut familière. Mais le choc qu'il venait d'éprouver était trop rude pour qu'il y prêtât grande attention. Retourner chez Renée?... A quoi bon?... Elle était évidemment sortie le soir du meurtre, mais l'avait nié, lors de son interrogatoire, de crainte d'être englobée parmi les suspects et d'avoir à fournir des précisions – peut-être embarrassantes – sur l'emploi de son temps. En conséquence, ignorante de l'enquête menée sur elle par le commissaire Maria et s'estimant à l'abri des soupçons, elle avait cru pouvoir, par un nouveau mensonge, sauver Noël. Tout au contraire, elle venait de lui porter allégrement le coup de grâce.

A pas rapides, comme une bête blessée fuyant vers sa tanière, Noël reprit le chemin de la rue du Bief. Ses pensées étaient en déroute, la nuit pesait de tout son poids, sur sa nuque. Au bout d'un moment il perçut un bruit de pas derrière lui, se retourna. une ombre le suivait, dans laquelle il reconnut l'homme adossé à un arbre quand il était sorti de la cabine téléphonique. C'était un individu trapu et carré d'épaules, le cou pris dans une écharpe à carreaux, les mains enfoncées au plus profond des poches. Noël précipita sa marche. L'homme fit de même.

« Il me suit! » pensa Noël, et cette constatation, pourtant simple, l'affola. La justice ne s'était montrée à lui, jusqu'ici, que sous deux visages : celui, impénétrable, du commissaire Maria; celui, aimablement grimaçant, du juge Pons. Cette nouvelle manifestation de son ubiquité l'épouvantait.

Il se passa la main sur le front et l'en retira moite de sueur. Les pas, qu'il marchât plus ou moins vite, continuaient d'épouser le rythme des siens. On aurait dit leur écho. « Arrêtez! » cria une voix. Il regarda autour de lui, ne vit qu'un passant en train de longer paisiblement le trottoir d'en face. « Arrêtez! » La voix était puissante, elle fondait sur lui comme un aigle. « Arrêtez! » Elle tombait des fenêtres, elle montait des soupiraux. Elle couvrait tous les autres bruits.

Une peur panique s'empara de Noël. Son cœur lui battait dans les tempes, un brouillard flottait devant ses yeux. Il se vit rejoint, arrêté avant d'avoir revu Belle. Alors, aspirant profondément, il s'élança en avant, les coudes au corps, des ailes aux talons.

Tout d'abord, il se crut seul à courir. Puis il réentendit un bruit de pas, lointains d'abord, puis de plus en plus proches. Des pas nombreux, des voix confuses, des cris, des appels... Sûrement ils étaient dix, vingt, lancés à sa poursuite!

Il obliqua à gauche, à droite. De rues transversales jaillissaient à tout instant des ombres aux gestes désordonnés. Il put se jeter de côté pour en éviter une qui s'était soudain dressée devant lui, gigantesque. Le souffle commençait à lui manquer. Des taches de couleur dansaient sur sa rétine. Des larmes – étaient-ce des larmes? – sillonnaient ses joues.

La rue du Bief, enfin! Il s'y jeta comme on plonge,

happé par sa pente vertigineuse, le vent lui bourdonnant aux oreilles, s'abattit sur sa porte, les mains en avant, cherchant fiévreusement la serrure dans le noir, du bout de sa clef.

Quand il l'eut trouvée enfin et qu'il se retourna, sentant sur lui la brûlure de cent regards – un unique promeneur – trapu, carré d'épaules, le cou pris dans une écharpe à carreaux – descendait la rue sans se presser.

## XIX

– C'est toi? dit, sans se retourner, Belle, assise à son secrétaire.

– Oui, dit Noël.

La température de l'atelier, contrastant avec l'air vif du dehors, lui parut anormalement élevée. Couchée tout de son long devant le poêle ronflant, Wanda, ses prunelles vertes en veilleuse, raidissait les pattes dans un songe voluptueux.

– D'où viens-tu?

Il n'hésita pas :

– De chez Renée.

Tant mieux si elle s'étonnait! Tout serait peut-être plus facile...

– Ah!

Mais elle n'ajouta rien et, dans le silence qui suivit, tandis qu'elle allait de la cuisine à la table dressée, il réentendit une voix – la voix de Renée – lui demander : « Belle sait-elle que...? », puis une autre – la sienne – répondre : « Non... Du moins, j'espère que non. »

Il espérait que non? Donc, il était sûr du contraire.

– Tu as faim?

– Non.

Sans doute Belle n'avait-elle jamais été très communicative. Sans doute n'avait-elle jamais répondu – et encore, distraitement, du bout des lèvres! – à plus d'une question sur deux. Sans doute Noël s'était-il plaint mille fois qu'elle ne sût faire écho à ses tristesses, ses déceptions, ses enthousiasmes.

N'importe! Depuis le jour du meurtre – depuis le lendemain de ce jour, pour mieux dire, depuis son retour de Pont-de-l'Ile – il y avait en elle quelque chose de changé. Cette façon dont elle le regardait à la dérobée; ces rires qui se brisaient tout à coup; ces silences qu'elle refermait sur elle comme une porte; ces questions, surtout, qu'elle ne posait plus, ces affectueuses gronderies – « Tu ne travailles pas? – Tu fumes trop... » – qu'elle s'abstenait à présent de formuler.

– Que faisais-tu? demanda machinalement Noël, le regard dirigé vers le secrétaire ouvert.

– Rien...

Voilà! Dans le temps elle aurait répondu, même si elle avait, ce disant, altéré la vérité : « Je cherchais mon chéquier », ou : « J'écrivais », ou : « Je brûlais de vieux papiers. » Maintenant elle répondait : « Rien... » Comme si la seule présence de Noël l'induisait en méfiance, comme s'ils eussent cessé de faire bloc, comme si... oui, leurs routes étaient à jamais séparées.

« Elle sait! » pensa-t-il avec une croissante terreur. *Elle sait!...* Puis, une certitude entraînant l'autre : « Mais alors, c'est qu'elle m'a reconnu l'autre soir, c'est qu'elle se trouvait chez Weyl?... Dans le cas contraire, ne se sentant pas elle-même coupable, elle n'aurait aucune raison de me prêter, à l'égard de Weyl, une jalousie allant jusqu'au meurtre! »

– Tu n'as pas quelque chose à boire?

– Je peux te donner une bière.

– Il ne reste pas de whisky?...

Cela frisait la provocation. Quinze jours plus tôt elle aurait protesté : « L'alcool te fait du mal. Je vais nous préparer une tasse de thé. »

– Peut-être... Regarde dans le buffet.

« Regarde dans le buffet! » Encore une chose qu'elle n'aurait pas dite jadis. Docile, ses objections repoussées, elle se fût elle-même mise en quête de la bouteille, l'eût posée devant lui, avec un ou deux verres.

Elle desservait à présent la table, sans mot dire, et il s'avisa soudain que l'appareil de radio était éteint, qu'aucune musique assourdie ne meublait les silences.

– On n'a pas téléphoné pour moi?

– Non. Du moins, pas pendant que j'étais là.

– Tu es rentrée tard?

– Comme d'habitude.

A la fin, il n'y tint plus. Cette sensation d'être son propre prisonnier, d'abord; d'être ensuite celui d'un inconnu qui, dehors, dans la rue, faisait les cent pas... Il se leva :

– Je vais chercher des cigarettes.

Belle était dans la cuisine, où un robinet coulait à grand bruit. Elle ne répondit pas.

Il réendossa fébrilement son pardessus, se coiffa à la hâte, ouvrit la porte. La nuit était noire. Une petite pluie fine, chassée par un vent, oblique, le frappa au visage. Il eut une hésitation. Mais il fallait qu'il en eût le cœur net, qu'il sût si vraiment... Il descendit les marches glissantes, effleurant des doigts la rampe mouillée, traversa la cour, s'engouffra dans le couloir d'entrée, tira la porte à lui...

Il n'avait pas fait trois pas sur le trottoir que deux ombres se détachaient de la muraille, l'une à sa droite, l'autre à sa gauche. Deux ombres hésitantes. Il voulut les ignorer, mit un pied sur la chaussée.

– Monsieur Martin!

Il se retourna, le cœur battant.

– Vous voudrez bien nous excuser, monsieur Martin, mais nous sommes obligés de vous prier de ne pas vous éloigner cette nuit.

« La voix même de la justice! » pensa-t-il.

– Vraiment? Pourquoi? dit-il, considérant les deux hommes sans émoi apparent.

Ils firent ensemble un geste d'ignorance.

– Ordre du commissaire Maria, ajouta simplement l'un d'eux.

– Vous m'autoriserez tout de même bien à aller acheter des cigarettes?

– Bien sûr, monsieur Martin. Il y a un « tabac » au coin de la rue, n'est-ce pas?

Une façon comme une autre de limiter son champ d'action!

– Oui, dit Noël. Si vous voulez m'accompagner...?

L'homme trahit quelque embarras et fit non de la tête, sans chaleur. Cependant, quand Noël pénétra dans la boutique, un coup d'œil par-dessus l'épaule lui permit de constater qu'il s'était rapproché et l'épiait à travers la vitrine.

« Fait! pensa-t-il amèrement, des souvenirs livresques lui revenant à l'esprit. Fait comme un rat! »

Pour que l'étau se fût à ce point resserré, son arrestation ne devait plus être qu'une question d'heures...

– Bonsoir! dit-il allégrement en repassant devant les deux hommes et en poussant la porte d'entrée.

Mais, celle-ci une fois refermée, il dut s'y adosser, les jambes coupées, le souffle venant littéralement à lui manquer, « pâle jusqu'aux lèvres », pensa-t-il.

Et quand, traversant la cour, il se dirigea vers le pôle de lumière et de chaleur qu'était *encore* son atelier, il ne put s'empêcher de penser qu'il allait y passer sa dernière nuit.

Belle, pendant son absence, avait branché le poste de radio et, son tablier enlevé, se trouvait à nouveau penchée sur son secrétaire. Elle le referma comme il entrait, dégrafa sa robe et disparut dans la salle de bain.

Il s'assit sur une chaise, en homme qui ne se sent déjà plus chez lui. Pour la première fois, il regrettait que l'exiguïté de l'appartement l'empêchât de s'isoler, fût-ce une heure, de se recomposer un visage sans témoin. Il lui semblait que ses pensées s'inscrivaient sur son front, que Belle, à tout moment, pouvait crier d'horreur à sa vue. Il éprouvait l'irrésistible et absurde envie de faire une patience. Il vit que la bouteille de whisky réclamée se trouvait sur la table et, dédaignant le verre posé à côté, la déboucha, but au goulot.

La chaleur de l'alcool lui fit du bien, précipitant le cours du sang dans ses veines. En même temps, il était tenté de s'étendre là, les bras sur la table, et de pleurer comme un enfant. Il croyait entendre marcher, par-delà les murs et le silence, les hommes de faction dans la rue. Ils s'éloignaient, ils revenaient... Mais ce rythme sourd, c'était le sang qui lui battait aux tempes, dans les oreilles, partout.

Belle reparut, en combinaison.

– Tu ne te déshabilles pas? demanda-t-elle, comme chaque fois qu'elle lui cédait la salle de bain.

Il secoua la tête, les yeux brillants. Il n'avait pas rebouché la bouteille.

« Sûrement, pensa-t-il, elle va me questionner. Et alors... »

Au lieu de cela, elle s'assit au bord du lit, l'air absorbé, et se mit en devoir de repriser l'un de ses bas.

Noël tenta d'instinct de se remettre dans l'état d'esprit qui était le sien au lendemain de son crime. Mais les reproches, comme alors, ne lui venaient plus naturellement aux lèvres. Au contraire! Chaque jour un peu plus, depuis lors, il s'était senti, en présence de Belle, diminué, ravalé, intimidé. Oui, intimidé! Encore, si elle avait fait quelque chose pour favoriser un rapprochement, précipiter une explication ou des confidences! Mais non, elle s'était, plus que jamais, repliée sur elle-même, il se sentait aujourd'hui devant elle comme un inculpé devant ses juges, comme un employé indélicat en instance de renvoi.

– T'ai-je dit qu'ils avaient libéré Klein?

Il avait parlé presque malgré lui, sans s'en apercevoir. Il ne pouvait, comme elle, supporter ces silences tendus, gonflés de pensées inexprimables, ces silences qui vous prenaient à la gorge.

Elle releva les yeux :

– Non, mais c'était fatal...

Fatal! Et elle continuait de tirer tranquillement l'aiguille comme si le sort de Klein ne l'eût jamais véritablement inquiétée.

– Il y a deux hommes dans la rue, dit-il encore de cette voix rauque dont le contrôle lui échappait. Deux inspecteurs de police.

– Ah oui? (Cette fois Belle n'avait même pas relevé les yeux :) Et qu'est-ce qu'ils font?

Il but une gorgée d'alcool :

– Je n'en sais rien. Mais il n'est pas défendu de l'imaginer... Ils surveillent la maison.

Belle se leva et alla repiquer son aiguille sur la pelote où elle l'avait prise.

– Je ne voudrais pas être à leur place, dit-elle simplement. Par ce temps!...

C'était une phrase inattendue. « Et le plus incroyable, pensa Noël, c'est qu'elle doit le penser! »

Elle achevait maintenant de se déshabiller, modestement tournée vers le mur, survivance des années de pension. Elle rafla sa chemise de nuit sous l'oreiller, s'en couvrit en la tenant aux dents avant de faire tomber sa ceinture, comme elle l'avait toujours fait... Mais ces gestes éveillaient en Noël, ce soir, *ce dernier soir,* un intérêt nouveau.

– Tu ne voudrais pas chercher un autre poste?

Il n'en croyait pas ses oreilles. « Inconscience? pensa-t-il. Ou serait-elle vraiment à cent lieues de penser que...? »

– C'est tout ce que tu trouves?

Elle vint à lui, le repoussa, s'agenouilla. Alors, brutalement, après avoir tout de même attendu – et c'était tout lui, cela! – qu'elle eût trouvé le poste qu'elle cherchait, il la prit aux épaules, se laissa glisser à genoux à terre, devant elle :

– Belle...

– Oui?

Elle le regardait avec un rien d'étonnement, « d'étonnement feint », pensa-t-il, juste ce qu'il fallait pour lui donner à entendre que le moment était peut-être mal choisi pour une confidence ou une explosion de tendresse. Elle dit d'ailleurs, frissonnant sous sa légère chemise :

– J'ai froid...

De lui voir les yeux baissés rendit tout son courage à Noël. Il la prit dans ses bras, la porta sur le lit, s'y laissa aller en même temps qu'elle, promenant ses lèvres fiévreuses sur son cou et sa gorge. Elle le repoussa :

– Déshabille-toi.

Il obéit, les pensées en déroute. Il finissait toujours par lui obéir... Quelles étaient, pensa-t-il, les dernières choses qu'un homme pût faire avant d'être arrêté? Ranger des papiers, en détruire d'autres? Lui, si ordonné, n'éprouvait pas ce besoin. Peu lui importait de laisser aussi derrière lui des toiles inachevées, des lettres sans réponse, des notes impayées. « Une arrestation, pensa-t-il encore, c'est comme une mort subite... »

Il se glissa dans le creux des draps entrouverts,

attira Belle tout contre lui. Elle se raidit un peu, car il avait les membres glacés.

Il redit, comme devant l'appareil de radio :

– Belle... Il faut que je t'avoue..

Qu'allait-elle faire, *après*? Le repousser, crier, quoi?

– C'est moi qui ai tué Weyl.

Il la sentit frémir toute, sut qu'elle l'enveloppait d'un regard incrédule avant même de l'avoir regardée.

– Toi?...

Il inclina la tête. Il avait peur de ce qu'elle allait dire, peur d'être condamné sans être entendu, peur qu'un seul mot d'elle ne lui otât l'envie de se défendre.

– J'étais... jaloux! dit-il précipitamment. J'ai cru que tu étais sa maîtresse...

Tout troublé qu'il fût, il l'épiait en disant cela, guettait sur son visage, dans son regard, l'aveu qui justifierait son acte tout en l'acculant au désespoir.

– Quand je t'ai téléphoné à Pont-de-l'Ile ce soir-là, et que tu n'as pas répondu, je fus certain que tu étais chez lui... J'avais trouvé une lettre d'Irène où elle t'écrivait : *Où en es-tu avec W.?* Je décidai d'aller chez Weyl. Je lui avais téléphoné, je savais que Judy n'était pas là. En entrant dans le parc, je t'ai... J'ai vu une femme qui s'enfuyait. J'ai crié : « Belle! » J'ai essayé de la rattraper. Je n'ai pas pu... Je suis entré dans la maison... Weyl était couché sur son divan... Je l'ai frappé avec un maillet...

Noël se cacha la tête dans l'oreiller, le souffle court, conscient de sa faiblesse, plein de compassion pour lui-même, s'attendant à tout moment au pire. Mais, une fois de plus, rien n'arriva. Le corps immobile de Belle continua de le pénétrer d'une douce chaleur. Il en percevait la vie secrète, les battements et le rythme lent, intimement mêlés aux pulsations de sa propre chair. Il avait proféré l'aveu, dit quel homme il était devenu, et rien n'avait fondu sur lui, rien ne s'était déchiré, rien n'avait éclaté. Belle était toujours là, dans ses bras, apparemment sans peur, sans dégoût.

– Belle...

Il releva la tête, cligna des yeux, ébloui par la lumière de la lampe de chevet, osa la regarder, lui vit son visage de tous les jours :

– Je... Je ne te fais pas horreur?

Elle le rassura d'un signe, les yeux à demi fermés, un sourire triste aux lèvres, comme désenchantée.

– Tu... Tu m'aimes encore?

– Fou! dit-elle alors, dit-elle enfin, reportant son regard sur lui et lui effleurant les tempes de ses mains fraîches. Misérable fou!

Cette fois, ce fut dans le creux de son épaule qu'il enfouit la tête et des larmes brûlantes, des larmes de délivrance, jaillirent malgré lui de ses yeux fermés.

– Belle... Je croyais t'avoir perdue... Ce n'est pas vrai que tu m'as trompé?... Ce n'est pas vrai que tu étais sa maîtresse?... J'aime encore mieux l'avoir tué sans motif, par une monstrueuse erreur... Mais me dire que toi, que nous deux...

Elle lui caressait doucement les cheveux, avec cette maternelle – mais distraite – tendresse dont elle apaisait d'ordinaire ses maux et ses nerfs :

– Me connais-tu donc si mal?... Tu sais que j'aime jouer avec le feu, plaire, être choyée, désirée... Mais de là à penser que... Comment l'as-tu pu?...

Il se demandait, en effet, comment il l'avait pu, maintenant que ses explications remettaient toutes choses en place. Détendu, il continua de parler longtemps encore, de lui, de Weyl, de son crime, mais d'une voix de plus en plus lointaine, une voix d'enfant sur la pente du sommeil.

– Les deux hommes devant la maison! se rappelat-il tout à coup. C'est pour m'empêcher de fuir, tu sais?... Ils viendront me prendre demain, à l'aube...

– Ils te l'ont dit?

– Non, mais le commissaire sait que je lui ai menti, que mon alibi ne tient pas...

La voix égale de Belle lui parvint, étouffée, à travers des murs d'ouate :

– Dors. Laisse-moi penser.

## XX

Quand Noël se réveilla, un petit jour livide – « jaune de chrome », pensa-t-il – se glissait déjà dans l'atelier et la place de Belle, à côté de lui, était vide. Il écouta. Quelqu'un montait lourdement l'escalier et c'était ce bruit – ainsi que la sensation d'avoir quelque chose à faire le matin, très tôt – qui l'avait tiré du sommeil.

Il sauta du lit, courut à la cuisine d'où s'échappait un rai de lumière.

– Belle!

Il la vit devant lui, tout habillée, tenant à la main le plateau du petit déjeuner.

– Ce... C'est la police!

– Sans doute, dit Belle. Passe au moins une robe de chambre. J'y vais.

Noël aurait voulu la retenir, mais son cerveau sonnait si creux qu'il ne parvenait pas à trouver ses mots.

Elle traversa l'atelier, referma le lit en passant, ouvrit les rideaux et l'on put apercevoir, derrière la porte vitrée, le buste massif du commissaire Maria se découpant comme un rocher sur un ciel d'un gris tendre.

– Prends du café, il est chaud, dit encore Belle avant de tirer la porte à elle.

Le commissaire entra, son chapeau à la main et, pendant le bref instant qu'il demeura sur le seuil, des voix d'hommes, mêlées à un bruit de pas réguliers, montèrent de la cour.

– Bonjour, madame Martin, fit-il de son ton le plus officiel. Je regrette vivement de vous déranger de si bonne heure, mais...

– Je sais, dit Belle. *Vous venez me chercher.*

Noël, en train de passer sa robe de chambre, crut avoir mal entendu. Il se précipita dans l'atelier :

– Qu'est-ce qui te prend? Tu es folle?...

Au même instant, il remarqua qu'elle avait mis son tailleur le plus élégant, un tailleur noir éclairé par un jabot de dentelle, qu'elle était fardée, fin prête.

– C'est moi qui ai tué Judas, dit-elle tranquillement. Je n'ai pas voulu te le dire hier soir, pour que tu passes une nuit paisible.

– C'est toi qui as...?

Noël, le cerveau encore brumeux, ne parvenait pas à lier deux idées.

– Oui, maman et le Dr Bergh t'ont menti. Le soir du 4, c'est bien moi que tu as vue dans le parc. Judas était déjà mort quand tu l'as frappé.

Noël, sentant son cœur lui manquer, dut s'adosser au mur.

– Mais pourquoi? Pourquoi? interrogea-t-il désespérément.

Le commissaire, immobile comme une statue, écoutait, l'air un peu gêné.

– Judas m'avait demandé vingt fois de passer une soirée seule à seul avec lui. Il voulait, disait-il, m'offrir un dîner fin, puis le théâtre. Il voulait aussi que je choisisse une de ses toiles ou un de ses bibelots les plus précieux. Ce sont là des choses qui ne se refusent pas. Par ailleurs, je n'eusse pas aimé devoir, en l'offensant, renoncer à ses gâteries, je pensais n'avoir rien à redouter de lui. Mais...

– Mais?

Cette fois c'était le commissaire Maria qui avait parlé, devançant Noël.

– Quand j'arrivai avenue Sémiramis, il prétendit souffrir de névralgies et ne pouvoir sortir. Il me supplia de lui donner une heure et il paraissait si sincèrement affecté, si... petit garçon, que je me laissai fléchir. Nous allâmes à la cuisine où nous trouvâmes dans le frigidaire, de quoi faire un petit souper. Il déboucha du champagne – du « Mumm », celui que je préfère – et j'imagine maintenant qu'il dut en boire plus que de raison. Comme je fumais une cigarette, assise sur le bras de son fauteuil, il m'attira soudain à lui. Je cherchai à me dégager. Mais son visage était devenu de pierre. « Judy est sortie, me dit-il. J'ai la clef de la porte dans ma poche et la maison est vide. (Ce en quoi il se trompait.) Tu peux crier. On ne t'entendra pas. » Je crus d'abord à un jeu et qu'il voulait m'impressionner. Il avait toujours été si... paternel, oui, si attentif à me plaire! « C'est ridicule, Judas. Vous allez tout gâcher! » lui dis-je en le repoussant. J'allai à la porte : elle était bien fermée. « Donnez-moi cette clef. » Pour toute réponse, il marcha sur moi, me saisit dans ses bras. Il était doué d'une force peu commune et je vis le moment où, paralysant ma résistance, il allait... Nous luttions debout. Ma main, effleurant le bord de la table, se referma sur le manche d'un maillet. Il me faisait véritablement horreur, à ce moment, et l'idée que... Je le frappai, non dans l'intention de le tuer, certes, mais dans celle de dénouer son étreinte et de m'enfuir. A ma grande stupeur, il tomba à la renverse, le crâne sur les chenets.

– Belle! Tu as vraiment fait cela?

Noël pensait : « Pour moi! Elle a tué pour moi,

moi qui croyais avoir tué pour elle! » Le reste – le flirt noué avec Weyl, l'imprudence commise en se rendant chez lui, les mensonges mêmes de Belle – s'effaçait devant cette certitude : « Elle m'aime, ou elle n'aurait pas tué! »

Belle soupira :

– Oui... et je le regrette! J'aurais dû me montrer plus habile, ne pas prendre peur comme une gamine. J'aimais bien Judas. Il ne méritait pas de mourir ainsi, et de ma main! Qu'il fût mort, j'eus d'ailleurs, sur le moment, peine à le croire. Je réussis, non sans mal, à l'étendre sur le divan. Mais mes efforts pour le ranimer demeurèrent inutiles...

Tout, à l'entendre, redevenait simple une fois de plus; les détails étaient ramenés à leurs justes proportions; le crime même, se mettait à ressembler à un banal accident, et Noël, déçu, sentit le démon du doute l'habiter à nouveau.

Belle s'était tournée vers le commissaire :

– Une tasse de café, commissaire?... Si, si, ne dites pas non! Quand on a une journée aussi longue devant soi... (Elle se dirigea vers la cuisine, en revint avec le plateau du petit déjeuner :) Une question, à propos!... Vous avez évidemment sur vous un mandat d'arrêt... Je serais curieuse de savoir quel nom il porte?

Le commissaire avait enfin posé son chapeau, ôté ses gants :

– Il n'en porte encore aucun, madame. C'est un mandat en blanc.

– Je comprends, dit-elle. Vous avez voulu nous laisser une nuit entière de réflexion, spéculant sur notre énervement à tous deux.

Le commissaire ne s'en défendit pas.

– Notez que, si je voulais nier, vous ne pourriez rien prouver!

– Je crois que si... dit le commissaire. (Il avait

porté une main à sa poche :) C'est bien là votre rouge à lèvres, non? Je me suis permis de vous l'emprunter lors de ma dernière visite.

Belle s'étonna :

– Ainsi, c'est vous qui me l'aviez pris! Je me suis torturé l'esprit pour me rappeler ce que j'en avais fait.

– Je désirais le comparer aux traces de rouge à lèvres qui maculaient les coupes à champagne et les bouts de cigarettes trouvés au chevet de la victime, expliqua modestement le commissaire.

– Et cette comparaison a été... concluante?

– Absolument. Ajoutez à cela le cheveu adhérant à la robe de chambre de Weyl...

Belle sourit :

– Et vous ne sauriez encore que me convaincre de m'être rendue chez la victime le soir de sa mort, mais non de l'avoir tuée!

Le commissaire sourit à son tour :

– Aussi ai-je préféré de beaucoup vous pousser aux aveux...

Noël prit un parti désespéré :

– Ne la croyez pas, commissaire! Elle cherche à me sauver au prix de sa propre liberté. C'est moi qui ai tué Weyl!

Le commissaire reposa sa tasse de café et poussa un gros soupir :

– Non, monsieur Martin. En vérité, vous avez voulu tuer Weyl, et telle est la raison pour laquelle vous m'avez menti dès le début de l'enquête. Mais c'est Mme Martin qui l'a réellement tué. Il était mort quand vous êtes parvenu auprès de lui... Vous avez *voulu* tuer Weyl, mais c'est Mme Martin qui l'a *réellement* tué...

« Toute l'image de leur vie, toute l'illustration de leurs caractères, à Belle et à lui! » pensa amèrement Noël.

– Prouvez-le! relança-t-il sans conviction.

Le commissaire haussa discrètement les épaules :

– Comment Weyl était-il couché? Sur le côté? En chien de fusil? Sur le ventre? Rappelez vos souvenirs...

– Sur le dos.

– Vous l'avez, par conséquent, frappé à la tête? Et de face?

– Oui. A plusieurs reprises.

– En ce cas, monsieur Martin, feu M. Weyl devait avoir la tête plus solide que la nuque car il n'est pas mort d'une fracture du crâne, mais bien d'une rupture cervicale quand Mme Martin l'a projeté sur les chenets. Ce que nous appelons familièrement le « coup du lapin ».

Belle s'était rapprochée :

– Vous ne voudriez pas me laisser un moment seule avec mon mari, commissaire?

Le gros homme acquiesça sans hésiter, presque avec empressement. Il ouvrit la porte, on l'entendit descendre quelques marches, s'arrêter.

Noël regarda Belle, tout pâle. Elle vint à lui et le prit aux épaules :

– Tu vas être courageux, mon petit Noël! J'ai fait une bêtise, il faut que je la paie. (Toujours son même sourire, ce sourire qui venait à bout de toutes les résistances :) Entre nous, j'essaierai d'ailleurs de la payer le moins cher possible!

Noël aurait voulu parler. Il avait tant de choses à lui dire! Il ne le put, tant sa gorge était serrée.

– Maintenant, écoute-moi bien! Je ne veux pas que tu restes seul, que tu sois malheureux, que tu me regrettes. Tu n'as rien fait pour cela. Au fond, tu méritais une autre femme que moi... (Elle plongea son regard dans le sien :) J'ai téléphoné ce matin à Renée, avant que tu ne t'éveilles. Elle sera là d'un instant à l'autre.

– Pourquoi ne m'as-tu rien dit hier soir? parvint-il enfin à demander. Nous... Nous aurions eu toute la nuit devant nous...

Elle haussa les épaules :

– J'espérais, malgré tout, qu'*ils* ne viendraient pas ce matin...

On entendit des pas rapides monter l'escalier, s'arrêter un instant – là, sans doute, où se tenait le commissaire Maria –, puis ils reprirent leur ascension précipitée et la porte s'ouvrit devant un grand homme maigre, élégant, tenant une lourde serviette de cuir sous le bras, son chapeau à la main. Derrière lui : l'épaisse silhouette du commissaire.

– Toutes mes excuses, chère madame!... J'espère que je n'arrive pas trop tard?

Il s'avançait à grands pas, n'ayant d'yeux que pour Belle, porta à ses lèvres la main qu'elle lui tendait.

– Au contraire, cher maître, répondit-elle gentiment, vous arrivez juste à temps! Noël, que je te présente... Me Larcier, qui se chargera de ma défense... Mon mari...

Ainsi elle avait tout prévu, même cela!

– Le temps de mettre un chapeau, commissaire, et je suis à vous... J'espère que le juge d'instruction m'interrogera ce matin encore?

Elle achevait maintenant de se coiffer devant la glace, les bras levés, ses longues jambes tendant sa jupe étroite. Noël, un court instant, s'efforça de l'imaginer en cellule, accablée sous le poids du remords, hantée par des fantômes. Vainement. Il y a des décors et des êtres qu'on ne parvient pas à associer en pensée. Ainsi la prison et Belle.

– Vous seriez gentil de me passer mon sac, commissaire.

Le commissaire s'empressa, comme s'était empressé maître Larcier, comme s'empresserait M. Pons. Et Noël comprit. Ce n'était pas Belle qui se ferait à la prison, *c'était la prison qui se ferait à Belle.*

Pour peu de temps, d'ailleurs! Car, ou on lui accorderait le bénéfice de la légitime défense, ou un grand procès la mettrait tôt en vedette...

– Voilà. Je suis prête.

– Je t'accompagne! dit vivement Noël.

Mais il se souvint avec consternation qu'il était en robe de chambre.

– Non, dit Belle. Je préfère partir seule. D'ailleurs, voici Renée.

Il s'attendait, il espérait qu'elle l'embrassât comme on s'embrasse sur un quai de gare, sur le pont d'un bateau, en y mettant toute son âme, en essayant de rappeler par cette caresse toutes les caresses passées, en la prolongeant jusqu'à l'arrachement...

Au lieu de cela, elle lui planta sur les lèvres un petit baiser rapide et rond qui s'opposait à tout attendrissement.

– Au revoir, dit-elle. Tu viendras me voir, au moins, là-bas? Soigne bien Wanda.

Il chercha à la retenir, maladroitement. Mais elle s'était dégagée et sortait, tandis que le commissaire lui prenait des mains sa petite valise en peau de porc.

Il l'entendit encore qui disait, un instant plus tard et quelques marches plus bas :

– Bonjour, toi... Je suis heureuse que tu sois là... Je te confie mon mari...

Renée pénétra dans l'atelier. Noël lui tournait le dos, le front à la fenêtre. Au mouvement contenu de ses épaules, elle vit qu'il pleurait.

Elle s'approcha de lui, glissa sous son bras une main furtive :

– Venez vous asseoir là. Près de moi. Vous me raconterez...

Il secoua la tête et elle crut l'entendre dire :

– Pas maintenant... Pas encore...

Comme elle insistait, il ajouta plus distinctement :

– Laisse-moi...

Elle obéit, pénétrée du sentiment de son impuissance, tourna un moment dans la pièce sans savoir quoi faire, s'assit sur le lit.

Elle pensait à Chris qui quitterait Vigo sans elle, le surlendemain.

Elle pensait aussi, elle pensait surtout à cet homme qu'on venait de lui donner et qu'elle n'aurait pas, qu'elle avait moins de chance que jamais d'avoir, maintenant que Belle s'en était allée.

Des voix fraîches montaient de la cour du pensionnat :

*Entrez dans la danse,*
*Voyez comme on danse...*

C'était le chœur des petites.

*15 mars 1938. – 15 mars 1942.*

*Ce roman a été porté à l'écran en 1947 par Henri-Georges Clouzot et a obtenu la même année le Grand Prix de la mise en scène au festival de Venise.*

*Avec pour principaux interprètes :* Louis Jouvet, Suzy Delair, Bernard Blier, Simone Renant, Charles Dullin.

# Dans Le Livre de Poche policier

*Extraits du catalogue*

**Astafiev** *Victor*
Triste polar

**Borniche** *Roger*
Le Coréen

**Carr** *John Dickson*
La Chambre ardente

**Chaplin** *Michael*
Ballade pour un traître

**Christie** *Agatha*
Le Meurtre de Roger Ackroyd
Dix Petits Nègres
Le Crime de l'Orient-Express
A.B.C. contre Poirot
Cartes sur table
Cinq Petits Cochons
Mister Brown
Le Couteau sur la nuque
La Mort dans les nuages
Mort sur le Nil
Je ne suis pas coupable
Un cadavre dans la bibliothèque
L'Heure zéro
N. ou M. ?
Rendez-vous à Bagdad
La Maison biscornue
Le Train de 16 heures 50
Le Major parlait trop
Témoin à charge
Les Indiscrétions d'Hercule Poirot
Drame en trois actes
Le Crime est notre affaire
Rendez-vous avec la mort
Un meurtre sera commis le...
Trois souris...
Le Miroir se brisa
Le Chat et les Pigeons
Le Cheval pâle
La Nuit qui ne finit pas
Jeux de glaces
Allô, Hercule Poirot
Le Cheval à bascule
Pension Vanilos
Un meurtre est-il facile ?
Mrs Mac Ginty est morte
Témoin indésirable
Némésis
La Dernière Enigme
Associés contre le crime
Le Bal de la Victoire
A l'hôtel Bertram
Passager pour Francfort
Les Enquêtes d'Hercule Poirot
Mr Quinn en voyage
Poirot résout trois énigmes

**Dibdin** *Michael*
Vendetta

**Doyle** *Sir Arthur Conan*
Sherlock Holmes : Étude en Rouge
*suivi de* Le Signe des Quatre
Les Aventures de Sherlock Holmes
Souvenirs de Sherlock Holmes
Résurrection de Sherlock Holmes
La Vallée de la peur
Archives sur Sherlock Holmes
Le Chien des Baskerville
Son dernier coup d'archet

**Doyle** *Sir A. Conan* et **Carr** *J.D.*
Les Exploits de Sherlock Holmes

**Exbrayat** *Charles*
Quel gâchis, inspecteur
Les Menteuses
La Honte de la famille
Le Petit Fantôme de Canterbury
Avanti la mùsica !
Le plus beau des Bersagliers
Vous souvenez-vous de Paco ?

**Goodis** *David*
Lune dans le caniveau

**Hitchcock** *Alfred* présente :
Histoires à ne pas lire la nuit
Histoires à faire peur
Histoires diablement habiles
Histoires à n'en pas revenir
Histoires macabres
Histoires angoissantes
Histoires piégées
Histoires riches en surprises
Histoires de mort et d'humour
Histoires troublantes
Histoires noires
Histoires médusantes
Histoires qui défrisent
Histoires à sang pour sang
Histoires pour tuer le temps
Histoires explosives
Histoires déroutantes
Histoires à corps et à crimes

Histoires avec pleurs et couronnes
Histoires à risques et périls
Histoires d'argent, d'armes et de voleurs
Histoires de la crème du crime
Histoires de sang et de sous
Histoires de trouble émoi
Histoires de faisans à l'hallali
Histoires pleines de dommages et d'intérêt

**Irish** *William*
Rendez-vous mortel

**James** *P.D.*
La Proie pour l'ombre
L'Ile des morts
Meurtre dans un fauteuil
La Meurtrière
Un certain goût pour la mort
Sans les mains
Une folie meurtrière
Meurtres en blouse blanche
Mort d'un expert
A visage couvert
Par action et par omission
Les Enquêtes d'Adam Dalgliesh, *t. 1 et 2* (*La Pochothèque*)
Romans (*La Pochothèque*)

**Jaouen** *Hervé*
Histoires d'ombres

**Keating** *H.R.F.*
Un cadavre dans la salle de billard
L'Inspecteur Ghote en Californie

**Leblanc** *Maurice*
Arsène Lupin, gentleman cambrioleur
Arsène Lupin contre Herlock Sholmès
La Comtesse de Cagliostro
L'Aiguille creuse
Les Confidences d'Arsène Lupin
Le Bouchon de cristal
813
Les 8 Coups de l'horloge
La Demoiselle aux yeux verts
La Barre-y-va
Le Triangle d'Or
L'Ile aux 30 cercueils
Les Dents du Tigre
La Demeure mystérieuse
L'Éclat d'obus
L'Agence Barnett et Cie
La Femme aux deux sourires
Les Trois Yeux
Le Formidable événement
Dorothée, danseuse de corde
Victor de la Brigade mondaine
La Cagliostro se venge

**Leonard** *Elmore*
D'un coup d'un seul

**Leroux** *Gaston*
Le fantôme de l'Opéra
Le Mystère de la chambre jaune
Le Parfum de la dame en noir
Le Fauteuil hanté

**Monteilhet** *Hubert*
La Part des anges
Mourir à Francfort
Le Retour des cendres
Les Mantes religieuses
Meurtre à loisir
De quelques crimes parfaits
Les Pavés du diable

**Raynal** *Patrick*
Fenêtre sur femmes

**Rendell** *Ruth*
Le Jeune Homme et la mort
Un enfant pour un autre
L'Homme à la tortue
L'Arbre à fièvre
Les Désarrois du professeur Sanders

**Steeman** *Stanislas-André*
L'assassin habite au 21

**Thomson** *June*
Claire... et ses ombres
La Mariette est de sortie

**Topin** *Tito*
Un gros besoin d'amour

**Traver** *Robert*
Autopsie d'un meurtre

**Vickers** *Roy*
*Service des affaires classées 1 -* Un si beau crime
*Service des affaires classées 2 -* L'ennemi intime
*Service des affaires classées 3 -* Le Cercle fermé
*Service des affaires classées 4 -* Le Mort au bras levé

**Wambaugh** *Joseph*
Soleils noirs
Le Crépuscule des flics

IMPRIMÉ EN FRANCE PAR BRODARD ET TAUPIN
Usine de La Flèche (Sarthe).
LIBRAIRIE GÉNÉRALE FRANÇAISE - 6, rue Pierre-Sarrazin - 75006 Paris.
ISBN : 2 - 253 - 00787 - 0 30/2151/0